凍てつく砂

奈来ひでみ
Nagi Hidemi

文芸社

目次

凍てつく砂

序章

遠くに汽車が汽笛を上げる音がする。月の明かりが青白く照らす中、一人の老婆とすれ違った。『分家の婆ちゃんだ』。軽く腰を曲げ、すたすたと歩く姿に見覚えがある。

「セイ婆ちゃん、大丈夫か？　家まで送ろうか？」

老婆は小さく首を振り、手を上げ薄闇の中に消えた。翌朝、頭を鈍器で殴られた老婆の死体が発見された。その時、大声で喚き、すがりつく姿の多喜子を見たのが、彼女に会った最後だった。小学校で、たった三年足らずの期間を過ごしただけの同級生だが、彼女の変動の人生を垣間見た時間でもあった。普通の家庭で育ってきた自分にはない生活だ。みんなが苦しい時代だったが、希望があった。彼女には未来の夢があったのだろうか。子供心にも何も出来ない自分が歯がゆく悔しかった。氷室将太が十一歳の秋だった。

第一章

記憶の彼方に

一九五二年（昭和二十七年）四月三十日、正午の鐘と共に大きな瞳の女の子が生まれた。

セイは、この子が不安定な結婚生活を送る三男夫婦の絆になればと願ったが、自由奔放な息子と、自分は不幸だと言いながら周りに気を遣わせる半分お嬢様育ちの嫁とはうまくいく訳もなく、『子はかすがい』とはならなかった。

セイ自身は大杉家の次男に嫁ぎ、『分家の嫁』として朝は早くから『本家』にこき使われ、夜は遅くまで『分家』に尽くす働き者だった。夫に先立たれていたセイにとって、利発に育つ孫は生きがいになっていた。

　三男の夫婦仲は上手くいかず、華やかさを求めた嫁に、孫は突然、大阪へと連れ去られた。五歳の可愛い盛りだった。息子は相変わらず地元でふらふらしており連絡を取っている様子もない。セイは音沙汰もない孫が心配になり、嫁の友人から聞き出した住所を頼りに、一軒家の庭端にある小さな離れを訪ねた。夕食時を過ぎた薄暗い部屋の中に可愛い孫の姿はない。家主に所在を聞いてみたが、呆れた様子で嫁の悪口を聞かされるだけだった。孫はいつも一人でいる事が多く、今日はたまたま、夕食時間まで家主の子供たちと遊んでいたが、その後の事は分からないと言うだけだ。

『どこに行ったのだろう。お腹は空《す》いていないのだろうか』、もどかしく感じるが何も出来ない。

　肌寒い夜の始まりの頃、音を立てて引き戸が開いた。そこには派手な態《なり》をした嫁が驚いた目をして立っていた。

「どうして？」

「そんな事より、あんた一人なのかい？　多喜子はどうした？」

「ああ」

嫁は気だるげに、裏戸を開け歩き出した。あとを追いかけると、そこは家主の庭に通じていて、大きな家の縁側近くに置かれた犬小屋が目に入ってくる。

「ロン、ロンったら」

嫁の言葉に反応して出てきたのは大きなシェパードだった。やがて奥から、孫の小さな顔が覗いた。

「また、ここで寝ていたのね。何度叱ってもダメなんだから呆れちゃう。犬臭くなるでしょ！」

呆れてものが言えないのはセイのほうだ。嫁としての善し悪しではない。意識の問題だ。ここまで母親としての認識がないとは情けない。孫だけでも連れて帰ろう。セイの決意は固かった。多喜子は小学一年生になっていた。

＊

二〇一二年（平成二十四年）三月二十日、午前三時三十分、渋谷駅近くのガード下で一人の男の死体が発見された。始発まで時間を潰していた酔客が第一発見者だ。駅横の交番から駆けつけた角宮巡査は、所轄の刑事が来るまで現場保存に対応していた。

幸いな事に時間が時間なので野次馬はさほど多くないが、二十歳前後の若者が大半なのには改めて驚かされる。

パトカーの他に覆面パトカーが二台、赤色灯を回しながら近づいてくるのが見えた。やがて覆面パトカーから、氷室圭介警部が長い足で地面を踏み締め、白い手袋をしながら真っ直ぐに歩いてくる。角宮巡査にとっては憧れの人物だ。百八十センチの体軀《たいく》と響き渡る低音の声、当を得た指示、会うたびにこの人の直属になりたいと思っていた。

「保存は完璧か？」

「はい！　完璧であります」

氷室はニヤリと笑い、死体のポケットに手を差し込む。他のものは部下に渡し免許証の顔と見比べ始めた。鼻梁のある横顔はアポロンの彫刻を思い出させる。

「中本清一、二十四歳。殺されるようじゃ、名前負けだな」

確かに、ジージャンとカーゴパンツにピアスじゃ普通の勤め人じゃない。凶器は包丁で、直ぐに抜かれたのだろう大量の出血が見える。

「刺し傷と頭部損傷か。頭は固いもので殴られたのだろう。脳挫傷か？　……。腹部の傷はおそらく、台所包丁だと思うが鑑識さん待ちだな。出血はかなりしているが死因かどうかってところかな」

「さすが、氷室警部、二十年近くだてに臭い飯食ってないな」

後方に、足音も立てず五十代後半の男が佇んでいた。

「やめてくださいよ、坂本さん。人を囚人扱いするのは」

「豚小屋だって警察だってたいして変わらんよ」

坂本検視官は、氷室の担当事件だと聞くと、若い者を押さえ自分が出てくる。赤ら顔の肥満体で、あきらかにメタボ症候群の様相だ。

「また、親不孝者が死んだか。犯人に相当怨《うら》まれていたんだな。刃の部分が上を向いている。計画的な臭いがする殺人だな」

「えっ、そうなんですか？」

角宮が不思議そうに坂本を見る。

「衝動的で偶然そうなったとしても、憎しみがある場合はターゲットを狙った時に自然に刃が上を向くものさ。慌てるだろうから包丁は刺さったままのほうが多いのだが、凶器は持ち帰っている。まっ、詳しくは解剖してからだな」

太った身体は、横にゆさゆさと揺れながら背を見せた。残った鑑識員たちが地を這うように現場を調べている。死体は監察医務院に運ばれ、氷室は部下に聞き込みを指示し、川瀬と二人で現場をあとにした。世の中は一時間もすれば動き出す。殺人があった事さえ忘れられるだろう。『そんなものさ』氷室は自嘲気味に呟いた。

中本の現住所は中野区にある共同住宅だ。免許証の写真の顔は悪くない。まあ、今風のイケメンの部類だろう。ただ、瞳が犯罪者に共通する暗さを漂わせていた。『前科があるな』、違った意味で自分の中にもある。含んだものがいつ芽吹くのか。車窓に映る瞳が暗さを留めて見詰め返してくる。駅から十五分、共同住宅は今にも朽《く》ちんばかりにようやく立っていた。オーナーが時世に疎《うと》かったのか、相続権の問題か、いずれにしても見上げた二階建てモルタル造りの建物のあまりの潔《いさぎよ》さに、感動さえ覚える。塗料が剝げ、錆びついた手すりの階段を上り、突き当たりにある二〇五号室の前に、連絡を受けた不動産屋が巡査と共に所在無げに待っていた。氷室は軽く顎を引き、室内に足を踏み入れたが、前に進む様子が見られない。全体を見回し、軽く咳をした。

「どうかしましたか？」

「中本は、ヤクをやっているな」

川瀬は刑事課に入って一年になるが、氷室のファースト・シクッスセンスは外れた事がない。長年の経験だろうと思うが、生まれ持ったものかもしれない。確かに部屋の中は、若い男の一人住まいらしく、すべてが乱雑で汚さが充満している。しかし、普通それだけではヤクの判断はつかない。

「ヤク絡みですか？」

無言の氷室は靴を脱ぐとトイレの戸を開けた。

二の足を踏んでしまう。川瀬は綺麗好きだ。周りは神経質とも言うが、本人はいたって普通だと思っている。周りの仲間は無神経過ぎる。夏など汗臭いを通り越して、浮浪者のような臭いを発散させて平気な顔をしている。刑事という職を選んだ事を後悔するのは、今日みたいな日だ。

「早くしろ！　死にゃしない」

「氷室警部、よく平気ですね。この臭いといい、汚さといい、たまんないですよ」

「じゃ、刑事やめろ。それから、警部って呼ぶのもやめろ。何度も言わせるな」

なぜか、この人は『警部』と呼ばれるのを嫌がる。ある時期から、警部以上を狙わなくなったらしい。昇任試験も受けず、今の状況を続けている。理由は分からない。川瀬にとっては不可思議な人物だ。

中本の部屋はワンルームで北向きに窓がついている。川瀬が新鮮な空気が吸いたくて開けた先に、隣接する建物の間から小さい墓地が見えていた。どうやら裏手には寺があるようだ。

氷室は薄汚れたカーテンに手をかけ、窓の下を覗いていたが、部屋全体を眺め、声を発した。

「川瀬、そこの引き出しを開けてみろ」

白い手袋をした手の指した先に、茶色の四段の引き出しがあった。下から順番に開けていく時、いつも自分は泥棒になった気がする。一段一段丁寧に見たが、めぼしいものは見当たらない。引き出しの裏を撫でても何も張りついていない。

「ヤクらしいものはありません」

「全部抜け、奥行きの長さが違うだろう」

思わず、目線で測ると確かに五センチほどの差があった。抜かれた引き出しの奥に、求めるものは白いビニール袋に入れられ置かれていた。

「ありました。ヤクのようです」

氷室の味見をした顔が満足気に頷いた。その瞬間からこの事件は、大半が手を離れ管轄が変わってくる。こんな時、氷室は簡単に手を引く。川瀬は時々不満に思うが、上司のやり方に従うしかない。警察は道筋にそれぞれのプロがいる。氷室があっさり手を引くのは事件の深部を嗅ぎ取っている時だ。この殺人の奥に、麻薬関係以外どんなものが隠されているのか川瀬には一向に分からない。一枚のハガキを手に薄い逆光を背に立つ上司は微動だにしない。そっと覗くと同窓会の案内状だった。二年前の日付になっている。瀬戸内海に面した香川県高松市にある中学校だった。

「連絡を入れてこの部屋の保存と調査を頼め。それから高松への出張も伝えろ。俺は一足先に行く」

「一足先って、どこに行くんですか？」

「高松に決まっているだろう」

「でも、まだ許可を取っていません」

「だから、取れって言っただろう」

　言うだけ言うと、背を見せ部屋から消えた。『毎度の事だが、また上からグチグチ言われるのは俺だ』、川瀬は頭痛がしてきた。

＊

　西方面に行く新幹線は空いていた。弁当とビールを買い込んだ氷室は車窓に流れる景色に目を移しながら、親父の将太の事を思い出していた。頑固な男だが、氷室は好きだった。妻を早くに亡くし、六十年の生涯だったが男手一つで俺を育ててくれた。愛情を溢れるほど与えてくれた人だ。今、自分が結婚出来ないのは親父みたいに愛を表現出来るかどうか、自信がないからだ。他人とも上手くつき合えない。そんな俺が一度だけ心を許した友がいた。大学生の時だった。俺とは違い、真っ直ぐに想いを伝えてくる奴だった。卒業後も交流を持ち職種は違ったが、互いに上を目指そうと励まし合っていた。警部の資格を取った時、報告を兼ねて会おうと約束したが、待ち合わせた場所で事件が起こった。無差別殺人だった。都会の街中で、異空間のように刃渡り三十センチの柳葉包丁は銀色の光を放ち、徐々に赤黒く染まりながら踊っていた。被害者は七人、その中に親友はいた。彼が約束の時間より早目に着いていた事を俺は知らなかった。三人目の被害者だったらしい。親友が亡くなった事を、すべてが終わってから知らされた。俺は助ける事も出来なかった。何が警察官だ、何が警部だ。俺は大切なたった一人の親友さえ助けられない人間だ。

それ以来、せめて現場にいる事が友への供養だった。上に昇りたい意欲はなくなっていた。親父に話したいと何度も思ったが、話して解決するものでもないし、心配させるだけだと判断した。俺の様子を見て何かを感じ取っていたのか、親父はよく一つの話をしてくれた。自分にとってたった一つの後悔は『大杉多喜子』の事だと。子供の時も今も捜し切れない不幸な少女の話だった。『なあ、人間には何も出来ない時があるんだよ。どんなに頑張ってもナ……』、言っている事は分かっていたが、今でも友を救えなかった自分を許せない。

中本の卒業した中学校は、高松駅から大きく延びている中央通りから観光通りに入ると右手にあった。校門に立つと、目の前に大きなソテツの樹が、石を積み上げた囲いの中に納まっている。事前にアポを取り面会を申し込んでいたので、話はスムーズに通ったが、やはり当時の担任はいなかった。同時期に教鞭を揮《ふる》っていた教師が教頭と名乗る男と一緒に待っていたが、中本は当時からかなりの問題児だったらしく、唾を飛ばしながら話す内容は、今でもこの年老いた教師の怒りを消す事はなく、刻《とき》は流れを止めたままだ。死してなお、怨みを買う中本清一という男はどんな生き方をしてきたのだろう。担任教師は中本が原因で教職を続ける事が出来なくなったという。氷室は同窓名簿のコピーを受け取り、辞意を伝えるしかなかった。高校には進まず家出同然にフラフラして、その後、東京に出たらしい。実家が存在している事を名簿の中の一人から確認を取り、訪ねる事にした。

中本の実家は花園町にある。直ぐ近くに小学校があり、三十坪ほどの住居が五十坪の土地に建つ一軒家だった。チャイムを押すと、黒のワンピースを着た六十代の女性が顔を出した。奥から夫人にまとわりつくように線香の臭いが漂ってくる。『もう、清一の悲報が届いたのか？』そんな事はないだろう。せいぜい明日くらいだろうと、思いつつ身分を提示した。一瞬の期待と驚きの目が、氷室を捉える。

「何か分かったのですか？」

怪訝な様子の氷室に、夫人の目がそっと伏せられ、改めてハンカチで口元を押さえた。警察がらみの不幸があった事を察知した。情報不足で動いてしまった事は否めないが仕方がない。

「中本恭二さんは？」

「主人は二月一日に……亡くなりました。どのようなご用件でしょうか？」

清一の件には触れない事にした。今、触れると夫人はガラス細工のように粉々になりそうだ。昔ご主人にお世話になった事があり、こちらに来る用事があったので、顔が見たくなり、訪問したと口実を設《もう》けた。

「吃驚《びっくり》しました。いったい何があったのですか？　自分は東京在住なので耳に入ってきませんでした」

線香を上げたい旨を伝え仏間に入ると、白菊の供えられた仏壇が目に入ってきた。置かれた座布団をずらし、手を合わせながら、初めて会う中本恭二の写真を意識の奥に留め置いた。夫人は疲れ果てているようだ。

「……行きずりの犯罪らしく、鈍器のようなもので頭を殴られ脳挫傷で亡くなったと言われました」

「犯人は？」

「まだ捕まっていません……」

詳しい話は、所轄に聞いたほうが早いだろう。この夫人は僅かの間に二人の家族を亡くした事になる。氷室は中本家の三和土《たたき》に、綺麗に揃えられた恭二の靴を見て、主と子供を失ったこの家の行く末を考えながら引き戸に手をかけた。玄関を出ると、春先の香りが僅かに漂っている。どの季節にもない穏やかな夕日が一日の労をねぎらうように終わりを告げていた。視線を感じ、振り向くと夫人が深く頭を垂れる。夫人のこれから先の幸せを願うしかなかった。出来れば二度目は会いたくないと心底思った。無理な事は分かっていたが……。まず周りから攻めて、会うのは出来るだけ最後にしたかった。

高松駅の近くにあるビジネスホテルに入りシャワーを浴びて出ると、テーブルの上で携帯がずり落ちそうになりながら振動を繰り返していた。

「氷室だ」

「川瀬です。今、どちらですか?」

「高松駅前のグリーンホテルだ」

聞かれて初めて部屋の中がグリーンの濃淡で作られている事に気がついた。名前が先か内装が先か分からないが、足を入れた時に違和感がなかったのは、氷室がグリーン色を好きだからだろう。部屋はシングルを二つ押さえておいた。川瀬が今日中に来られるのかどうか、疑問もあったが、上がすでに移動している氷室を野放しにしない事だけは分かっていた。おそらく旅慣れていない川瀬はボストンバッグに衣類やらいろいろなものを詰め込んで時間がかかったのだろう。ルームチャイムが鳴った時、思った通りの姿で川瀬が立っていた。

「隣の部屋を押さえてある。チェックインして、シャワーでも浴びてこい」

「いえ、シャワーは寝る前でいいです」

「じゃ、飯でも食いに行くか。荷物はここに置いていけ。帰った時に手続きすればいい」

賑やかな、駅前通りを過ぎ裏手にある居酒屋に入ると、まずビールを注文した。

「鑑識の結果はどうだった？」

「死亡推定時刻は、午前十二時から二時の間です。最後に中本が十二時頃、渋谷の道玄坂を歩いているのを仲間が見ています。発見が早かったので、かなり絞り込めたようです。死因は脳挫傷です。腹部の傷は動脈まで達しています」

「じゃあ、犯人はかなりの返り血を浴びているはずだな」

「そうだと思いますが、目撃者が現われていません。あの辺りは普段から人があまり通らないようで、無空間地帯と言われているようです」

「何でだ？」

「幽霊が出るとか……」

「はあ？　何だそれは。大都会の、ど真ん中でか？」

「中本も、鼻で笑っていたようです」

「なるほど、怖いもの知らずってとこか。おぃ！　食いたいものがあれば注文しろよ。俺は枝豆でいい」

『注文しろと言われても、上司が枝豆だけじゃ頼みづらいよな』

「俺はあとから、飯食《めし》うから、気にするな」

まるで心を覗かれたようだと川瀬は氷室を見詰めた。

「何だ？」

「いえ、氷室さんのほうはどうでしたか？」

話を聞きながら、父親も殺されていた現実に川瀬は唖然とした。父親と息子の殺しには、接点があるのか、今は分からない。

「明日、父親のほうを調べよう。出張の許可日数は何日だ」

「二泊です。ただし、中本の報告を怠るなと、言われました」

「じゃあ、報告して、もう一泊増やして貰え」

「そんなー、二泊だって頑張ったんですから、もう増やせないですよ」

「大丈夫だ。父親の件と絡めれば許可は出るさ。お前の口先が役に立つかどうかだがナ」

片唇の端を上げながらニヤッと笑う。『この人には部下を思いやる気持ちはないのか』、だんだん腹が立ってきた。

「氷室さんがやってくださいよ。俺、自信がないですよ」

『また、上司にグチグチ言われるのはごめんだ』

「馬鹿野郎！　俺がやったらお前の成長に水を差すだろう。それじゃー、上司失格だろ？」

『何という言い草か……』、治まった頭痛がまた暴れ出す機会を与えられて、小躍りしている。そう感じるのは事実なのか妄想なのか、もう分からない。とにかく一人になりたかった。氷室はいつの間にか生姜焼き定食の飯を黙々と食べている。川瀬はアホらしくなって、テーブルに並べられたつまみ類を口いっぱい詰め込んだ。氷室がおにぎりを頼んでくれた事を知って、ちょっとホロッとしたが、騙されないぞと自分に言い聞かせた。

「明日は、恭二の勤め先だ。朝八時にロビーで会おう。早く一人になって、のんびりしたいだろう？　飯食ったら帰るぞ」

また読まれた。

『よく分からない人だ。一年、この人についているが、一度も、心を盗めない』

第二章

春光の中で

ベランダ越しに広がる雑木林は一枚の葉もつけていない。春の光は優しいが、寒暖の差は激しい。空に一枚の薄い層が張り出してきている。白い涙が落ちてこなければよいが。多喜子はガラス越しに庭を見ていた。寂寥感が小さく積もっていく。『まだ、生きている』最近は体力が落ちてきていた。年齢と共にあちこちに軋《きし》みが生じているのだろう。多くの人に囲まれていても失ったものの大きさが自分を蝕んでいる気がする。覚悟は出来ているつもりだが、いざ、死を前にした時、私はどうするのだろう。素直に受け入れるのか、抗《あらが》い、周りが驚くほどの醜態を演じるのか……。思わず両腕で冷えを感じた身体を抱え込んだ。かろうじて残っている小さな暖かい塊が腕の中に甦る。

目を転じると、暖炉の中でうねうねと炎を描く薪が燃え盛っている。『こうやって燃え尽くし灰になっていく。すべてのものに平等に与えられた終焉がある』、ベランダに向かい扉を開けると、自分にも訪れるその時まで後悔しない生き方をしようと一歩を踏み出した。

子供の頃の記憶が甦る。温かい家庭には縁《えん》がなかった。ただ一つの心温まる思い出は祖母と暮らした僅かな時間だけだった。今でも祖母の事を思うと甘酸っぱいものが中心部を覆い、涙が出そうになる。信頼し、充分に与えられた愛だった。四歳から十二歳までの記憶の中に断片的に寄り添うように祖母がいた。

昔、大阪まで身を案じて訪ねてきた祖母に、説得された母と共に帰ったところは、徳島県の吉野川上流、阿波池田《あわいけだ》に近い三縄《みなわ》と言う土地だった。小学一年生の時、一回目の転校だった。三縄駅前だった住まいは借家だが父も母もいた。親子が揃ったのはあとにも先にもこの一年間だけの記憶が強く残っている。多喜子の中には父と母が同時に存在した姿が大阪に行くまで想い出の中になく、祖母が傍にいてくれた事だけが残っていた。

小学二年生の半ば、母はオート三輪車に小さな箪笥を積み込み、多喜子の前からいなくなった。同時期に父も三縄から姿を消した。取り残された祖母と多喜子は、駅と小学校の中間にある家に間借りをした。思い返せば四畳半ほどの部屋だったと思うが、小さな多喜子には広く見えていた。生活費の入ってくる当てもなく、朝は四時半に起きて、くずし物（魚肉の練り物）や豆腐を仕入れ、朝ごはんに間に合うように売って歩いた。山道は多喜子が受け持ち売り歩いたが、自分の胴回りの二倍ほどある竹製の籠は小さな身体に堪えた。午後は学校が終わると、祖母が二度目の仕入れを終え、待っていた。夕飯に間に合うように売り歩くのは朝より辛かった。遊んでいる同じ学校の子供たちの目が怖かった。今は、いじめがあったのかなかったのかさえ、記憶にない。ただ一つ、石を投げられた事だけは覚えている。三縄の駅近くだった。その時、庇ってくれた一人の男の子がいたが、遠い記憶の中に薄れていた。多喜子は嫌な事は出来るだけ忘れ、捨てて生きてきた。そうしなければ前に進めなかった。

そんな生活が二年続き、生活が出来なくなったためか、他の理由か分からないが、香川県丸亀市に移り住んだ。祖母の姉の婚家だった。この家で多喜子はいろいろな事を学んだ。うちわの作り方、草鞋《わらじ》の編み方、着せ替え人形の作り方、そして何よりも水炊き鍋の美味《おい》しさだった。鶏肉と白菜だけの質素なものだったが、多喜子には初めて口にするご馳走だった。

内職の賃金はなかったが、取り敢えず屋根裏部屋の家賃はない。音のない生活、スタンドの光もない生活は今までと変わらないが、早寝早起きの習慣は、ここの生活を意味のあるものにしてくれた。この期間は、あまり祖母との思い出がない。多喜子は一時的に預けられていたのではないかと思う。祖母が姉に頭を下げた時、姉の顔が不機嫌そうに歪《ゆが》んだ表情になったのを覚えている。内職が上手になった頃、なぜか祖母ではなく父親が迎えに来た。

高松市に転校したのは五年生になったばかりの時だった。丸亀は一年に満たない年月だった。これで四つ目の小学校だ。住まいは花園町にある缶詰工場に隣接している長屋だった。共同トイレ、共同炊事場の古い木造建ての建物だ。多喜子は今でも桃やミカンの缶詰には手が出ない。口にすれば甘くて美味しい果物は、製造過程でひどい悪臭を発する。いつも多喜子の身体の芯から漂い、どうやっても消す事が出来なかった。転校した小学校ではよい友人も出来たが、今の時代には考えられないくらい、教師は横暴で意地悪だった。学級費が遅れると全員の前で嫌味を言われ、授業中にも拘わらず、貰ってこいと教室を出された。父は家にはいない。心当たりを探し歩き、ようやく見つけて学級費を手にして戻るが、今度は恥ずかしくて教室に入れない。授業はどんどん進んで行くが、休み時間まで階段で座っていた覚えが幾度かある。家賃が払えない時は、同じ町内を夜逃げのように移動した。そのため、教師から、引っ越しが得意のようだから、運動会に使うムシロを持ってこいと、みんなの前で言われた時は顔から火が出るほど恥ずかしく辛かった。多喜子には、運動会でムシロに座って昼ご飯を食べる家族も食べ物もなかった。

記憶の中にまた、祖母が現われ始め、六年生になっていた多喜子は祖母の身体を抱き締めた。小さな身体はスッポリと多喜子の胸の中に埋まった。父は相変わらず多喜子の面倒は見ず、多喜子が一人ぼっちの夜も多かった。が、祖母が来てからは、父はより一層帰ってこない。また、祖母との二人生活だが、多喜子は以前より大きくなっていたので不安は少しなくなっていた。

その頃だった。出かけたまま帰ってこない祖母を案じていると、近くの交番から巡査がやってきた。徳島の大杉家の庭で、死体で発見されたと言う。父はどこにいるのか分からない。お金もない。隣の部屋のドアを叩き、必ず払うからと、お金を借りた。隣室の幼い子供の面倒はよく見ていたので、母親に頼みやすかった。物事をはっきり言うタイプだが、意地悪ではない。巡査に教えられた通り汽車に飛び乗り、《祖母のはずがない。何かの間違いだ》と、祈り続けた。だが現実は変えられない。小さな祖母の身体はより一層小さくなり担架に乗せられていた。

「誰がこんな事を！　教えてください。何でもします。祖母ちゃんを返してください」

祖母にすがりつき、泣き喚く多喜子の身体を、警察官は引き離し何も言わず抱き締めるだけだった。誰にも元に戻す事は出来ない。分かっていたが気持ちの持っていく場所がなかった。

『何で祖母ちゃんがこんな目に遭わなきゃいけないの。二人で頑張って生きているのに……どうして不幸が落ちて来るの』。多喜子は涙が止まらなかった。駆けつけてきた父親の顔を見ても諦めの気持ちが溢れ出るだけで、話をするのも億劫だった。祖母の事件は、何の解決もしないまま時間だけが過ぎて行ってしまった。多喜子は何も出来ず、今でも心の中で血を流し続けている。

その後、父親と暮らした生活の中には、一人の若い女性の姿がつきまとった。二人目の母親として会わされた時に、多喜子は自分との年齢差が八つしかない事に驚きを隠せなかった。とてもお母さんと呼べる歳ではない。再び気持ちを納得させるしかなかった。

やがて、多喜子はまた捨てられた。預けられたところは父親の姉の嫁ぎ先だった。暗い顔をした姪を哀れに思ったのか、伯母夫婦は、義務教育の間だけという事を条件に父親と話を決めたようだ。多喜子には充分だった。父親はまたいなくなったが、中学を卒業したら働けると思った。自分で稼いで自分で生きたかった。だが、人生はやはり思うようにはならない。中学三年の五月の末、父親は今までの気儘な生き方のためか結核で喀血《かっけつ》をし、死を受け入れてしまった。伯母夫婦や伯父夫婦たちが集まり、多喜子をどうするか話し合いが持たれた。大人たちに囲まれ、小さくなりながら背を丸める自分の姿を、六十歳を超す今でも、思い出したくない。話し合いの結果、長男に当たる伯父から、母親の事が出た。渡りに舟だったのだろう、父親の兄たちはその方向に意見がまとまってきた。やはり、血の繋がりのある母親に渡すのが多喜子にとって幸せだろう……、という事だ。多喜子にとってはとんでもない話だった。別れてから七年の年月が流れている。母親は今、三十五歳くらいだ。小さい頃は母が恋しくて泣き寝入る事も多かったが、今はもう、その感情さえ忘れている。多喜子の心の中には父も母もいなかった。いないものだと思って生きてきた。今更、母親も迷惑だろう。新たに家庭を持っているかもしれないのに、突然大きくなった子供が現われても戸惑わせるだけだ。

「お願いします。母には連絡を取らないでください。あと少しで卒業なんです。卒業するまで、ここにいさせてください。働いて必ずご恩を返します。お願いします」

額を畳に擦《こす》りつけ頼んだが、誰も置いてくれるとは言ってくれなかった。自分の無力さが身に沁み、溢れる涙を止める事は出来なかった。

＊

『思い出したくない……』、両手で顔を覆い、しゃがみ込んだ身体の周りに冷気を含んだ風が軽く渦を巻く。ベランダの陽ざしが陰り始め、香りが湿気を帯び出した。栃木県那須岳の裾野にあるこの家は、多喜子にとって癒される唯一の場所だ。評論家という仕事は身体の疲れよりも精神的に辛い。疲れる、と最近思うようになった。いつの間にか、自分の立ち位置が変わってきていた。子供にとっていい教師になりたい……。ただそれだけの思いで教鞭を執り、退職の時期を迎える頃、在職中に思いを書き綴った散文が出版社の目に留まり、コラムを担当する事になった。人生とは不思議なものだと思う。一つの歯車がタイミングを得ると、思いもしない方向に向いて動き出す。メディアに顔を出す事も多くなると、教育評論家という肩書きまでついてしまった。思いもよらない事だった。

今では東京に小さな事務所を構え、三人のスタッフを抱えていた。秘書的な存在の女性、マネージメントを受け持つ男性、デスクワークの女性。細かい事は顧問の税理士と社労士に任せている。

多喜子は東京の自宅を処分して、那須に拠点を移していた。スタッフに余計な気遣いをさせないようにしていたが、年齢もいっているせいか、秘書の崎田京子は心配して東北道を飛ばしてくる。今日も昼過ぎにやってきて、台所で夕食の支度に余念がない。京子の事は可愛い。出来ればこんな子供が欲しいと思う事がよくあるが、考えても仕方がない事だった。

「先生、お食事の用意が出来ましたよ。もう寒くなってきたから中に入ってくださ い」

「あぁ……そうね、風邪を引くと大変だからね」

「そうですよ。雑誌社の締め切りも明日ですからね。忘れないでくださいよ」

「大丈夫。ほとんど出来ているから」

「さっすがー、じゃあ、今日は赤ワインをチョットだけ許可しましょう」

「まー、それは、それは、ありがとうございます」

二人で顔を見合わせ笑い出してしまった。多喜子にとって心が温まる時間だ。京子は今年で二十八歳になるが、今の時代の女性も男性も婚期が遅い。まだまだフリーで楽しみたいのだろう。何となく分かる気がした。食後、京子と二人で残ったワインを片手に外に出ると、空気は清々しく、冷たく澄み切った夜空には無数の星が瞬いている。ここに住める事がつくづく幸せだと思う。一瞬、多喜子の頭の中で何もない球形の空間が生まれた。血液も空気も流れない。真っ暗な世界が見える。

「先生！　大丈夫ですか」

「大丈夫、すぐ治まるから」

何の予兆なのか……。支えてくれた京子の手を思わず握り返していた。

疼く記憶

氷室にとって、高松という土地は知らない土地ではない。祖父が国鉄の職員だったため、転勤を繰り返し、親父の将太にとって馴染みのある場所だった。四国四県に亘り転校を繰り返したという。親父の高松での生活は中学二年生の秋からだ。アジア地域で初めて開催され、有色人種国家における史上初のオリンピックが開かれた年だ。日本中が敗戦からの復活を世界に知らしめようとした年でもある。国中が沸きに沸き、東洋の魔女たちや円谷幸吉《つぶらやこうきち》の活躍がテレビで流され、親父にとっても目まぐるしい年でもあった。のちにここでの思い出話もいっぱい聞かされた。まるで自分が造ったかのように東海道新幹線の自慢話も語られた。そんな時の親父の顔は生き生きと輝き、氷室の好きな思い出の一つになっている。

氷室は今年四十歳になる。十八歳の時、親父は大学に行けと譲らなかった。高卒で一般の企業に入り苦労したからだろう。『これからの男は大学くらい出ていなければ通用しない』が親父の主張だった。

その頃、住まいは東京に移っていたが、もう母は亡くなっていた。氷室が高校生になって間もなく、信号無視をしたトラックに巻き込まれて即死だった。氷室が警察官になろうと思った原点は、母の無念さだったと思っている。大学に入り警察官への道を選んだ。身辺が落ち着き始め、自分への挑戦を意識し始めた頃、親友を亡くしてしまった。その時から自分の中にある軸が水分を少しずつ流し始め、枯れていくのを感じるようになってきた。このままではいけないと分かっているが、芯から燃え立つ炎が見えない。まるで生きた屍のようだと自嘲する時がある。

＊

目の前に中本恭二が勤務していた会社が見えてきた。川瀬が氷室に気づいて駆け寄ってくる。若さが溢れた足運びだ。時々、川瀬を可愛いと感じる時と、妬ましい時がある。失っていく体力のせいかもしれない。思わず苦笑が出る。

「どうだった？」

川瀬には恭二の自宅付近の聞き込みを任せていた。

「恭二の評判は悪くありません。真面目な人柄のようです」

「そうか……。頭を割られるくらいだから何かあるはずだが。会社で聞き込むか」

東京から、警察が訪ねる事はめったにない事なのだろう。受付嬢から恭二の上司に至るまで緊張感に覆われていた。応接室で差し出された男の名刺には取締役の肩書きが刷られている。

「さいとう株式会社……どのような事業を？」

「消耗品を企業や学校を中心に卸《おろ》しています」

調べた通りの答えが返ってきた。やはり地元の政治家との繋がりがあるようだ。テカテカと光る艶のいい顔が物語っている。取り出した煙草も、今時、葉巻だ。『田舎もんが』と心の中で思わず毒づいてしまいそうだ。

「中本さんは、こちらでどのようなお仕事をしていたのですか?」

「営業部長でした。惜しい男を亡くしました。部下にも慕われ、出世コースを歩いていたのに、通り魔に遭うなんて残念です」

「通り魔ですか?」

「はい、警察からそのように聞いています」

「何か思い当たる事はありませんか?」

「どういう事でしょう?」

「誰かに怨みを持たれていたとか」

「そんな!　先ほどもお話ししましたが人望は厚かったですよ」

「……そうですか。中本さんの部下の方にお話を聞けますか」

男は秘書を呼び指示すると、「私は仕事があるので、失礼する」と座を外れた。営業部の課長を含め三人ほどに話を聞いたが、目ぼしい答えは返ってこない。無理もない、悲しい宮仕えだ。外に出てから見上げた建物は周りを圧倒していた。地元では優秀企業なのだろう。最近は運送業にも手を出しているようだ。

「さて、管轄署に挨拶でもしとくか」

「えー、まだ行ってなかったんですか？　じゃ、今の訪問は無断捜査ですか？　午前中、何やっていたんですか？　不味《まず》いですよ。絶対！　不味い！」

「やかましい奴だな。黙っていりゃ分かんないよ」

「そういう問題じゃないですよ」

「それよりお前、出張延期の許可を取ったのか？」

「取りましたよ！　二日延長です」

「ほー、二日も取ったのか。凄いじゃないか。さすがだな。おまえの口先も捨てたもんじゃない。うん、感心、感心」

言うだけ言ってすたすたと歩いて行く氷室の後ろ姿に、川瀬は思い切り舌を出した。

『また、増やせって言われないように先に手を打ったんです！　胃に穴が空《あ》かない内にネ』、先手を取った事で気持ちが少しだけすっきりしていた。

香川県警高松北署は西内町にある。中央通りを高松駅に向かうと観光通りに面し、一、二階が吹き抜けになった八階建ての建物が見えてきた。今は大きな事件が起こっていないのだろう。署内の人数も多く、デスクで書類に向かっている捜査員もいる。

「山根宏です。東京から連絡を受けています。お手柔らかにお願いいたします。こっちの男は杉田明です。刑事になって三年目ですが、目端《めはし》の利く男です。使ってやってください」

「杉田です。宜しくお願いします」

最近は、マスメディアの力か、本人の意識のせいか、洒落た男や女が多い。都会の男も負けていられないな……隣を見ると、川瀬が必要以上に胸を張っていた。

「中本恭二の事件記録を見せてください。報告書もお願いいたします」

「了解いたしました」

通された部屋で川瀬と手分けをして読み比べた。事件が起こったのは二〇一二年

（平成二十四年）二月一日午後十時、接待を終え、瓦町《かわらまち》駅から花園町《はなぞのちょう》駅に向かう途中のホームセンターの裏道にある小さな公園だった。その一角だけが薄暗く見える場所だと言う。

「何でこんなところを通ったんでしょうね。瓦町駅から花園町までひと駅なのに。接待で疲れていなかったのかな？」

「人間、意味のない行動は取らないものさ。杉田君、進展具合はどうですか？」

「あまり情報が入ってきません。目ぼしいものはなくなっていたので、最初は物取りの犯行だと思ったのですが。一つだけ変な事がありまして」

「変な事？」

「別れ際、部下に、『懐かしい人に会ってくる』と言い置いていったらしいです。その後ろ姿に妙な感じを受けたと話していました」

「妙な感じとは？」

「姿勢のいい人だったらしいのですが、背を丸め、まるで重石《おもし》をつけたようだったと言っていました」

「その件に関した情報も入ってこないのですか？」

　川瀬の質問に、苦笑と共に頭を掻きながら、

「上のほうは、通り魔事件にしたいんですよ。最近、時々起こる通り魔事件にくっつければ、一緒くたに動けますからね」

「それじゃあ、見えるものも見えてこなくなりますね」

「そうなんです。自分は別物だと思っているのですが、何しろ情報がなさ過ぎて」

「出身地は徳島なんですね？」

　氷室が報告書から目を上げて尋ねる。

「はい。徳島県三縄の出身です。それなりの地主ですが、今はこのご時世ですからね。バブルもあまり関係なかったようです。旧家のプライドだけはあるようですが。恭二は次男のせいか、早目に見切りをつけたようです。実家を出たのは大阪の大学に入った時で、卒業後、高松の今の会社に勤めたようです」

「その間、実家に変化は？」

「ああ、すいませんそこまでは調べてないです」

「訃報は届けなかったのですか」

「奥さんにだけです」

「まあ、普通そうですよね。一応、奥さんに実家に知らせたか聞いてみてください」

大きめの石で殴られ、抵抗した様子はなく、額が割られていたのが原因だ。石は見つかっていない。顔見知りの犯行だと思われる。通り魔は後頭部を狙う率が多い。

「身元はすぐに割れたのですか？」

「ええ、奥さんから捜索願いが出ていたので」

「ずいぶん早くに届け出たんですね」

「真面目な人らしく、何もない時は六時半には帰っていたようです。用事がある時は必ず連絡をしていたと奥さんが話していました」

「営業なのに珍しいですね」

「外回りもしますが、主にデスクでまとめ役だったらしいです。あの会社は定年が六十歳なんですが、本人の希望を受け入れて残したようです。まあ、営業管理というか檄を飛ばす役割だったようで、会社としても利用価値があったのでしょう。新人に人脈を紹介したり、相談に乗ったりして人望はあったようですね」

「どうしてそんな男が殺されなきゃならんのだ。不思議な世の中だな」

氷室の部屋の中を見回す様子に、川瀬の背は嫌な予感で筋肉が引きつる。

「川瀬、徳島に行くぞ」

『やっぱりな』

「杉田君、息子の清一の件は連絡が来ていると思うが、奥さんに話を聞いてくれ」

「はい！　分かりました」

氷室は動きやすくするため車を借りようとしたが、杉田に反対された。山道で時間がかかるという。電車で行き、地元の警察で借りたほうがいいと手配してくれた。川瀬はこれ以上の体力の消耗は避けたかったので、杉田の配慮に感謝した。

土讃《どさん》線にのんびり揺られ、ようやく阿波池田駅に着いた。氷室が四国の中心近くを流れる吉野川に郷愁を感じていると、

「綺麗ですね。川底まで透《す》き通って見えますよ」

川瀬が感動したようにはしゃぐ。確かに、氷室にも、藻が映り綺麗な緑色の帯が見

える。親父が子供の頃過ごした場所だ。今よりももっと綺麗だったのだろう。

ぎりぎり役所の終了時間に間に合った。戸籍係に依頼をすると結構待たされた。

「この方だと思いますが……」

役場の担当者が首を傾げながら一枚の紙を差し出した。

こんなペラペラの紙に、人ひとりの人生がまとめられている。事件が起こるたびに盗み見する気分だが、そのおかげで重要な件を見落としていた事が発覚した。人間の思い込みは怖いものだ。今までの情報の中では、中本が入り婿である事も、実家の名前も出てきていない。あまりに昔の事とは言え、氷室も自分の抜けさ加減に呆れた。

「川瀬、中本姓は養子に入った名前だ。生まれ姓は、大杉だ」

記憶が疼く、どこかで聞いた名前だが直ぐには思い出せない。

第三章

過去との再会

暖炉の前で広げた新聞には中本恭二の追跡記事は載っていない。事件が起こってから二か月が過ぎた。恭二と五十年振りに会ったのは、多喜子が昨年の十一月末に講演の依頼を受けた時だ。もう四か月近く経ってしまった。雲が厚く、今にも小さな雨滴が街を覆いそうな日だった。

—二〇一一年　十一月二十八日—

その日、多喜子は八階にある事務所の中から見える景色に意識を取られていた。

「先生、お時間です。そろそろ出かけないと、遅れますよ」

「あぁ、そうね」

少し風が強いようだ。那須はもっと寒いのだろう。これから都内にある大学の講演を頼まれていた。教職に就きたい学生の多い学校だ。二時間ほどの予定だが、今日中に那須に戻るのは無理だろうか？　もう三日東京にいるが、そろそろ限界だ。美味しい空気が吸いたい。戻るのであれば、管理事務所に連絡をして、暖炉に火を入れて貰わなければ……。那須には寒気が居座っている。

「ねぇ、京子ちゃん。今日、戻りたいけど無理かな？」

「うーん、今日は無理ですね。講演のあと、懇親会もありますから、ホテルに泊まっていただきます」

「えー、懇親会、あったの？　嫌だなー。欠席出来ない？」

「忘れていたのですか？　ダメですよ。皆さん楽しみにしているんですから」

「嘘ですねー。誰も、こんなお婆ちゃんの事を楽しみにしてないですよ」

「またー、直ぐにいじけるんですから。我が儘を言わないでください」

「お世辞につき合うのも疲れるものよ」

「お世辞じゃなく本当だと思えばいいんですよ」

京子はビジネス手帳を手にウインクをする。人のお世辞は聞き流して気にしなければいい。分かっているがなかなか面倒だ。

講演会は、自分がどうして教師になりたいと思ったか、どうやって教職を全うしてきたか、多喜子にとっては経験談だ。年を重ねると思い込みが強くなり、頑固者と言われて、視野が狭くなると言うが、経験を重ねていくたびに広くなる事を話し、恐れず教職を全うして欲しいと伝えた。若者の発する熱気を感じながら、『今の時代に求められる教師の在り方は昔とは違うが、教育の在り方は変わらないと信じたい』と、締めくくり終了した。そのあと、三十分の休憩を与えられた。

「さあ、先生、着替えてください」

差し出されたイブニングドレスを見て驚いた。

「いつの間にこんなドレスを用意していたの？」

「鏡の前で合わせてみてください。先生は、ファションに無頓着過ぎるから、たまにはお洒落をして貰おうと思って」

確かにそうだ。いつも、無難な黒、白、グレーのスーツを交互に着ている。そのほうが落ち着くのだが、折角、京子が用意してくれたのだから、合わせるくらいはしないと申し訳ない。広げてみると上品なブルーの膝下丈だった。

「素敵です。凄くよく似合っています。よかった！」

もう着ない訳にはいかない。上手くおだてられて乗せられてしまった。思わず苦笑が出てしまう。

「分かったわ。着させていただきます。だけど、今日だけ特別ね。きっと、フワフワしちゃうから。でも、ありがとう」

「とんでもないです。一回でも、着ていただけると、嬉しいです」

サイズはピッタリ合い、京子はパンプスとポーチまで用意をしてくれていた。総額はかなりかかっただろう。いくら聞いても、何年か分の誕生日祝いですと言って教えてくれない。タイミング悪く、迎えの人が来てしまった。

「先生、行きましょう。この事はもう終わりですよ」

笑顔で背中を押された。懇親会は盛況でブルーのドレスの評価も高く、京子も嬉しそうだ。多喜子も満更ではなく、懇親会を楽しむ自分に驚いていた。挨拶のスピーチを終え、会場をあとにして廊下を歩いている時、「大杉さん」と声をかけられた。懐かしい呼び名に思わず足を止め、振り向くと、ロビーの先に一人の男が立っていた。

「お知り合いですか？」

京子の質問に答えられない。見覚えがある気がするが、直ぐには思い出せない。会場からは、学生たちが寄せる波のように出てくる。多喜子の記憶を辿る表情に、

「先生、こちらへ」

気を利かした京子が一つの空き部屋に案内した。

「突然、申し訳ありません。私、中本恭二と申します。大杉の本家の次男です」

「恭二さん……あぁ、セイ婆ちゃんの甥にあたる恭二さんですか？　本当にお久し振りですね。お元気ですか？　でも、どうしてお名前が違うのですか？」

「実は、女房が女姉妹の長女で、私は婿に入ったんです。多喜子さん変わってないですね。直ぐ分かりました。ご苦労が多かった事を風の便りに聞いていましたが、あの時は何も出来なくてすみませんでした。でも、お元気そうでよかったです」

「恭二さんもお変わりなさそうで……。今はどちらにいらっしゃるのですか？」

「高松のほうでサラリーマンをやっています。今日はたまたま営業でこちらに伺っていました」

「まみや先生、やっと見つけた。あれ、中本君、まみや先生と知り合いなのかい」

ほろ酔い加減で機嫌のいい、大学の庶務課課長が部屋に入ってきた。気持ちのいい人なのだが酒癖があまりよくない。多喜子は閉口した。折角、恭二に会えたがあまり話せそうにはない。後日、連絡をする事にして別れた。京子が課長の相手をしながら早く行ってくださいと手を振る。好意に甘えてホテルの部屋に戻ると、一気に疲れが出た。こんな時に年齢が頭の中を飛ぶ。軽くシャワーを浴びてから、恭二の名刺に目を落とした。

「香川県、高松市か……」

ふと、疑問を感じた。

『今日会えたのは本当に偶然なのだろうか？　講演を頼まれた大学と恭二は知り合いらしいが、あれから五十年以上経っている。私もかなり面変《おもが》わりをしているはずだ。

恭二の事も直ぐには分からなかった。でも、彼は真っ直ぐに私に向かってきた。私の事を事前に知っていたのか。声をかけるチャンスを待っていたのか？　なぜ？……』

祖母のセイの事しか多喜子の頭の中には浮かばない。子供心に何も出来ず泣き寝入りした思いが甦る。この年代になっても、心の奥のほうでくすぶり続けている思いだ。犯人のめぼしもつかず、時効を迎えてしまっている悔しさは誰にもぶつけられない。第三者が、今の自分とあの事件を結びつけるのは、かなりの努力が必要だろう。誰も知らないと多喜子は思っていた。だが、恭二は目の前に現われた。いくら遠い親戚とは言え私を見つけ出すのは大変だっただろう。評論家として顔出しはしているが、『まみやたき』のペンネームを使っている。この事が何を意味するのか……。『何で今頃になって？』嵐の前触れのように、気持ちがざわついてきた。

高松には、祖母の死の記憶がまとわりついている。父方の伯母の家に預かって貰っていた頃、恭二は徳島で学生生活を過ごしていたはずだ。それからほどなく父を亡くした多喜子は、徳島県三好にある母方の親戚に預けられた。あと、十か月で義務教育が終わる年だった。世の中は、オリンピック熱も収まり高度成長の道をただひたすら走っていた。そんな中、冷静に佇む多喜子がいた。母は直ぐに自分の手元には引き取ってくれなかった。それがどういう意味を持っていたのか、多喜子は充分理解していた。引き取られた母方の親戚先には、同じ歳の女の子と、一つ歳上の女の子がいた。多喜子とは再従姉妹《はとこ》の関係だ。『あんたの母親がどうして直ぐに東京に呼ばなかったか分かる？　あんたがろくな生活してきてないだろうから、不良だったら困るって、様子を見てくれって預けられたんだよ。家《うち》での評価が悪かったら、あんた捨てられるんだから、気をつけたほうがいいよ』、女の子は残酷だ。息の詰まる生活だった。

中学校は二度目の転校だった。予想はしていたが、大阪から転校した時の小学校の同級生が同じ地区の中学に多数来ていた。あの当時の自分を覚えている人もいるだろう。逃げるようにムシロを頭から被って出てきた場所だ。多喜子はますます無口な女の子になっていた。それから十か月、母は体調を理由に会いにも来なかった。高松からの転校手続きは母方の祖母がしてくれたが、多喜子が預けられた先が祖母の実家でもあったので、祖母が自分の父親に話す愚痴には多喜子に対する棘があり、耳を覆いたくなる事が多かった。

引き取る際の条件は、父の物は何一つ持ってきてはいけない事と、父方の親戚とは縁を切る事を約束させられた。親戚の事はともかく、位牌も持ってこられない事は、多喜子にとって身を斬られる思いだった。今でも隠し持った写真が一枚、財布の中に入っているだけだ。東京住まいの祖母は直ぐにいなくなり、多喜子は牛小屋にくっついている番小屋で住むようになった。農家を営む親戚では初めて経験する事が多く、田植え、稲刈り、野菜の収穫と、身体にはきつかったが食物の成長に喜びを感じていた。いろいろな経験をさせてくれる人生に感謝すらしていた。そんな頃、多喜子は高校に行かせてくれるという母からの伝言に驚いていた。

諦めていた高校進学が目の前で光を与えてくれた。慣れない農家の手伝いも苦にならず、小さな意地悪をする再従姉妹《はとこ》やその母親の事も、気に病《や》まないようにする事が出来た。どうせ行くなら地元でもいい学校にと、頑張ったが受験の申し込みが近くなった頃、大叔父に母屋に来るように言われた。食事の準備と食事をする以外、あまり近寄りたくない場所だ。母屋に置かれたたった一台のテレビを見る事もなかった。何を言われるのか不安だったが、話を聞いて妙に納得した。居候を、家《うち》の子より、今で言う偏差値の高い学校には行かせられないとの事だった。たかだか公立高校だが、負けず嫌いの再従姉妹《はとこ》の気持ちは父親を動かしたようだ。高校へ行けるだけでも、幸せなのだから、素直に大叔父の言葉に従おうと思った。

入試も終わり、桜の花が満開になる頃、制服を身に着け、入学式に参列出来た。クラス分けで入った教室で見覚えのある三人の男の子たちと目が合った。不思議な顔をして多喜子を見ていたが、高校では母方の姓を名札に書いていたので声をかけるかどうか迷っているようだ。転校した中学で多かった同級生も結局、無口な多喜子に同情したのか相手にせず、放っておいてくれた。それに多喜子は、自分が違った意味で強くなっていたので、せめてこの三年間を学生らしく過ごしたいと思っていた。学校は、共学の普通科五クラスと女子だけの家政科一クラスがあり、同じ廊下に面して、六クラス並んでいた。一クラス六十人近くいて、一学年だけでも大所帯で、今では考えられない子供の数だ。戦争が終わり『産めよ、増やせよ』の時代から、そのまま高度成長期に突入していく序盤で、戦争とは違う意味で国民の気持ちが一致していたが、多喜子はモヤモヤとした別世界のように感じていて、まだ自分が進むべき将来が見えない。自分のいたい位置が分からないのだ。

それが予感の始まりだった。地元に、ようやく慣れた頃、やはり、母が東京に来るようにと言ってきた。周りの景色は夏色だった。高松と宇野を結ぶ連絡船に乗り宇野線、山陽本線、東海道線を乗り継ぎ東に一昼夜近くかけて電車に揺られた。地に足が着いた時は車輪の揺れが体に残り、三日経っても治まらなかった。ひと月の夏休みを利用して東京の高校への編入試験を受けさせる事が母の目的のようだった。ようやく一緒に暮らす気になってくれたが、母の言葉のはしばしに『しょうがないから』が漏れる。編入試験の答案用紙を一枚だけ白紙で出した。多喜子の賭けだった。試験の結果は当然不合格だ。母は違った意味で傷ついたらしく、『この子の頭は悪くない』と、学校側に詰め寄ったのだが、担当試験官は「白紙提出」の事は話さずにいてくれた。何か事情があるのだろうと、判断してくれたようだ。多喜子は今でも試験官に感謝をしている。

　これでやっと、入学して卒業出来る学校が出来た。長い学生生活の中で、初めての事だった。三年間を同じ立場で話せる友人がいる事は、自分の中での財産だった。多喜子は母から、結婚はしていないようだが、つき合っている人を紹介されていた。母にとっても多喜子が田舎にいるほうが、都合がいいのだと判断していた。どこかで、ホッとしている様子の母に多喜子は一つだけ頼み事をした。学校に女子寄宿舎が一部併設されているので、そこに入れて欲しい、学費と寄宿舎代はお願いしたいが他の事は出来るだけ切り詰めると約束した。田舎なので寄宿舎と言っても通学困難な山の中の生徒のため、教室を畳敷きにした簡単な部屋が五つ並び、ひと部屋に三人から四人が生活していた。一年生から三年生まで上手く配分され、姉妹みたいな生活だった。この三年間で、多喜子は初めて親友と呼べる友が出来た。今でも、編入試験の事を思い出すと、いざと言う時の勇気の大切さをつくづく感じる。

　恭二の名刺があの頃を思い出させた。名刺には、携帯電話の番号も書かれている。明日、連絡を取ってみよう。暮れゆく窓の外は細かな雨が降り、吹く風が梢を揺らしていた。

翌日は、薄い日差しが射していた。時計を見ると、午前六時半を示している。静かなノックの音と共に『先生』と呼びかける京子の声がした。ドアを開けて、招き入れると、爽やかな香りがする。シャワーを浴びてきたのだろう。

「おはようございます。よく眠れましたか?」

「おはよう。大丈夫よ」

「昨日、いらした方の事、気になさっていらしたから、少し心配しました」

「心配? どうして?」

「先生を本名で呼ばれていたので、古いお知り合いの方ですよね? 突然で驚かれたようだったので……先生、昔の事はあまりお話しにならないから……」

確かに、多喜子は過去の事をあまり口にはしない。話をしても楽しい思い出がないからだが、話して同情されるのも嫌だった。多喜子は大学に入る前に、父方の姓に戻していた。高校卒業と共に東京に出てきたが、どうしても母との生活に馴染めず、大学一年の時、母の家を出た。そのあとは、アルバイトで学費を稼ぎながら大学を卒業した。プライドばかり高く外見を気にする母と、同じ考え方をする連れ合いの言動には理解しがたいものがあった。姓名変更も事後報告だ。母は烈火のごとく怒ったが、母親としての資格がない事に思いが至ったのか無視を決め込んだ。それでも晩年は多喜子の介護を受け、二人とも穏やかな死を迎えた。もう、十年ほど昔の事だ。

誰にも分かって貰えないと思っている。痒いところに手が届く秘書でありたい、と京子が望んでいるのは分かっている。しかしまだ、京子に上手く伝える事が出来ない。

「ごめんね、京子ちゃん。もう少し時間をちょうだいね」

「いえ、私のほうこそ申し訳ありませんでした。余計な事を言いました」

部屋の中を手際よく片付けていく京子の背を見ながら、奥底に封印したものがムクムクと頭をもたげ、手を伸ばして来るのが分かる。多喜子はゆっくりと首を振り、そっと蓋を閉じた。二人で朝食を摂り、チェックアウトの時間までロビーにある喫茶室で今後の打ち合わせをした。マネージャーをやってくれている萩尾勇太がにこやかに近づいてくる。

「おはようございます。先生、お会いするの、久し振りですね」

「萩尾さんたら、中一日空いただけですよ」

「そうだっけ、三日くらい会っていない気がするなー」

「先生大好き甘えん坊の萩尾さんですものね」

京子のからかい口調に反論はしない。—そうだよ—と澄ましている。また、封印された蓋がずれてくる。萩尾は三十三歳になるはずだ。昔、別れた男の元に残してきた子供と同じくらいだ。

多喜子が大学を卒業して教師生活にも慣れて来た頃、結婚を申し込まれた。なかなか子宝に恵まれず、二十五歳の遅い出産だった。ずっと傍にいるはずだったのに、家庭は小さな穴から綻び始めた。長男だったため、血筋を重んじた家に生後間もない子供は力ずくで連れていかれてしまった。あの時代は女性にとって冷たい世の中だった。多喜子の生い立ちは、舅たちにとっては、元々、許せないものだったのだろう。どんなに努力をしても会わせて貰えない、息子の事は諦めるしかなかった。男の子の生きていく力強さを信じて、多喜子も生きるしかなかった。萩尾に接すると、時々、感情が小さな手を伸ばしてくる。私は冷たい母親なのだろうか？　息子を連れていった男の家は海外に居を移し、追い続ける事は出来ず、消息は消えてしまっていた。多喜子は、あの世まで持っていかなければいけない罪だと思っている。

那須まで萩尾勇太が送るという。萩尾は、「今夜は自分の作る料理を食べさせたい。車に食材も用意している」と譲らなかった。料理が作れると思っていなかったので、京子と二人で驚いたが、「期待してください」と自信満々だ。お手並み拝見と、おどけた京子も一緒に来る事になった。多喜子は那須では一人でいる事が多い。たまには三人で賑やかに食事が出来るのが嬉しかった。二時間半かけて着いた我が家は、雑木林の中でひっそりと建っていた。この土地に移って五年になる。周りはこれから本格的な冬を迎える。一足先に降った雪が小さな塊を残していた。春の訪れはいつになるだろうか。それでも、京子たちには新鮮なのだろう。『まるで、西の魔女の家みたい』と喜んでいる。

「魔女はないだろう？　先生はどちらかと言うと妖怪だぞ」

「まあー酷い。聞きました？　妖怪ですって、失礼ですよね？」

「どちらでも、いいのよ」

二人の掛け合いに笑いが零《こぼ》れた。

暖炉に火が入れられ室内はほどよく温まっていた。勇太は早速キッチンに向かい、何やらごそごそと始めた。それを横目に微笑みながら、京子は今後の打ち合わせをしたいと多喜子の傍に腰をかける。

「ねぇ、京子ちゃん。少し寒いかもしれないけど、テラスで、ワインなどいかが？」

「いいんですか？　まだ日は高いですよ」

「少しだけ、ね？　気持ちいいわよ。折角来たのに勿体ないじゃない」

「そぅーですね。じゃ、打ち合わせをしながら……、という事で。勇太さん!!　ワインタイムにしましょう～って、先生がおっしゃっていますよ」

「やったー、実は喉が乾いてアルコール分が欲しかったんだ。嬉しいな～」

ニコニコと笑う顔には、まだ幼さが残っている。娘と息子に囲まれている錯覚に陥りそうだった。よく冷えたスパークリングワインを手にデッキチェアに座り、少しの間、誰もが寡黙だった。冬の香りを含んだ優しい風に、二人も疲れを癒されているのだろう。軽く目を閉じ穏やかな呼吸が繰り返される。やがて勇太が立ち上がり、

「ダメだ！　寝ちゃいそうだ」

「寝ればいいのよ。車の運転疲れたでしょ？」

多喜子は乗っているだけだが、運転する者は疲れるだろう。京子も隣で軽く目を閉じている
「駄目ですよ。俺、食事当番で来たんですから」

「私もあとで手伝うね」

うん～と大きく伸びをしながら京子が声をかけた。

「やったー、宜しく！」

大きな体で飛び上がる様子はやはり子供のようだ。


今後の打ち合わせを軽くすませ、京子はキッチンに向かった。多喜子は恭二に連絡を入れそびれていた。朝から二人と一緒だったせいもあるが、引く気持ちがあるのは事実だ。昨夜は早く連絡を入れたいと思っていたのに……。気持ちが萎えていた。が、連絡を取るまでもなく過去は嫌でも追いかけてきた。テーブルに置かれた京子の携帯

電話が細かく震え始め、慌てて、手を拭きながら京子がやってくる。

「はい、まみや事務所です。はい……はい。……お待ちください」

京子が迷う表情で聞いてくる。

「先生、昨日の男性みたいですけど、出られますか？」

事務所の電話は、京子と勇太にそれぞれ転送されるようになっている。経理の山本はパートなので今日は出社していない。一瞬、今のこの時間を邪魔されたくないと思ったが、祖母の事かもしれないという中途半端な気持ちにけりをつけたかった。京子に頷き、携帯を受け取った。

「はい、そうです。昨日は失礼いたしました。ええ……はい、構いませんが……分かりました。じゃ、明日連絡を入れます。分かります、名刺に書かれた番号でいいのですね。……失礼いたします」

京子が心配そうに顔を覗き込む。

「何て顔しているの？　大丈夫よ。確か……今度、岡山で講演があったわよね。いつだったかしら？」

「三日後の十二月二日です。お会いになるのですか?」

「えぇ。何か話したい事があるんですって、大切な事だから直接顔を見て話したいらしいの」

明るく話したつもりだが、京子は有能な秘書だ。感じ取る事があるのだろう。

「私も同行しますね」

と、有無も言わさずサラッと言いのけた。まあ、仕方がないだろう、駄目だと言っても譲らない事は一緒に仕事をしてきて充分理解していた。

「お待たせしました。今日はイタリアンですよ。サブメインは牛ヒレ肉だから、赤ワインの栓は抜いてあります。もう飲めますよ」

建物の周りを夕闇が覆いつつある。多喜子は針がゆっくりと時を刻む音を聞いていた。

＊

十二月に入って直ぐに岡山に移動した。講演が終わりホテルのロビーで恭二を待つ多喜子の傍には、京子がまるで吸いつくコバンザメのように座っていた。思わず苦笑が出てしまう。やがて、見覚えのある姿が二人の前に立った。京子の存在に怪訝な顔をする恭二に紹介をすると、営業タイプのそつのない挨拶を返してくる。ロビーにある喫茶室に移動して取り留めもない近況の話が終わると、手持ち無沙汰のように恭二の目が泳ぎ出した。肝心な話が出てこない。京子の前で話せる事ではないようだ。察した京子はホテルの中なので安心したのか、挨拶をして席を立った。どこかで見張っているのだろう。

「多喜子さん。今更こんな事をと、思われるかもしれませんが、亡くなったセイさんの事なんです。実はあの夜、私は犯人を見たかもしれない」

多喜子は喉の奥のほうで奇妙な音を聞いた。身体に悪寒《おかん》が走り総毛立つのを感じる。

「時間が経てば経つほど、あのシーンが鮮明になってくるのです。あの時はまだ子供だったので怖さもあったと思うのですが、あとから多喜子さんに話さなければと思っていました。なかなか、勇気が湧かなくて……。でも、多喜子さんを捜したんです。見つからなくて諦めていましたが先日、テレビに出ていらしたのを偶然見て……連絡を入れました」

申し訳なさそうに、肩を小さく縮める。

「テレビでよく私だと分かりましたね。何十年も経っているし、名前も違うのに」

「面影はあります。決定打は、耳の下にある三つ並んだ黒子です」

——あぁー、多喜子は左の首筋にある小さな突起物に触れた。子供の頃からある特徴だ。

「何を見たんですか。教えてください」

「あの日、私は部活でいつもより帰りが遅くなっていました。もう直ぐ家に着くという手前で、植え込みから伸びる影が見えました。何かを手に持ち両手を振り上げた影は、逃げる影に振り下ろされました。そのあと、走っていく足音を聞きました。後ろ姿は見たのですが、その時にはハッキリしませんでした。ただ、時間が経つごとに一人の男と重なってきたんです。」

「誰なんですか！　知っている人ですか？」

恭二は頷くが、そのまま黙り込んでしまった。多喜子の事が気になって勢い込んできたが、話してよいものかどうか悩んでしまったようだ。

「恭二さん！」

「多喜子さん、申し訳ありません。もう少し時間をください。お話しする以上、一つだけ確認を取ってからのほうがいいと思うので……。ひょっとしたら多喜子さんは、兄の…いや……」

そのまま黙ってしまった恭二は、また、連絡を入れますと、そそくさと席を立ってしまった。残されて呆然とした多喜子の肩に京子の手が置かれた。いつの間にか萩尾勇太が心配げに寄り添っていた。

「先生、大丈夫ですか？」

それから二か月後、恭二は殺され、もう二度と会えなくなってしまった。

たぐる糸

―二〇一二年　三月二十二日―

氷室は二泊目を阿波池田駅の近くに取り、大杉姓の一人の女の子の事を思い出していた。親父がいつも言っていた薄幸な少女の話だった。『なあ、人間には何も出来ない時があるんだよ。どんなに頑張ってもナ……』。親父のたった一つの後悔だったのだろう。彼女と繋がるのかどうか分からない。田舎町では足で稼ぐしかない。まずは恭二の縁者から当たる方針を伝えると、川瀬はガックリと首を落とした。都会の警察でデーター中心に車で動く捜査とは違う。体力勝負だ。少し可哀想な気はするが、これもいい経験になるだろう。

翌朝は早くから、バスに乗り、吉野川沿いを下った。辻町《つじまち》の地に大杉の本家はある。吉野川を背に山に登っていくと、今では珍しいかやぶき屋根の大きな家が見えてきた。幅のある門構えは武家屋敷のようだが、かやぶき屋根との違和感が目立つ。本家の威厳を保っているつもりなのかどうなのか、氷室には理解出来ない。インターホンもないので大声で来意を告げると、奥から吹いて来るひんやりとした空気の中に一人の老人が佇んだ。七十歳にはなっているだろう。黒々と日に焼け、皺の寄った皮膚が一枚余分についたような面構えだ。挨拶をして警察手帳を見せると、スッと、顔色が青黒くなった。『うん？』不思議な反応に感じたが、中本恭二の件が先だ。高松北署の杉田からの電話で、訃報が届けられた報告は入っている。

「弟さんの恭二さんの事で伺いました」

「恭二……あぁ、中本家から連絡があった。馬鹿な奴だ。命を粗末にしやがって」

「交流はあったのですか？」

「大学に入ってからは疎遠になったな。中本に入ってからは付き合いがなくなった」

「じゃ、最近は会ってないのですね」

―あぁーと、面倒臭そうに応える。清一の件は知らされていないらしい。後ろに軽トラックの排気音が聞こえてきた。キャップを被った三十代の男が車を降り歩いてくる。

「もう一つ、伺いたいのですが、大杉多喜子さんの事はご記憶にありますか？」

傍を軽く会釈して過ぎようとした男の動きが、一瞬、変わった気がした。

「もう、何十年も前の事だが、覚えているよ。今頃、何をしているのかな。可哀想な子だったな」

やはり、行方は知らないのだ。通り過ぎた男の反応が気になった。

「ところで、先ほどの方は？」

「息子の祐介だ。もういいだろう？」

礼を言って、二人は坂道を下った。川瀬はズボンの裾にまとわりつく砂埃を気にしながら、問いかけてくる。

「大杉多喜子って誰ですか？　今回の事件に関係あるんですか？」

「分からん！」

「分からん、って、今日収穫ゼロになっちゃいますよ。俺、何て報告すればいいんですか？」

「知るか！　てめえで考えろ！」

「そんな！　それはないですよ。何かくださいよ。収穫ゼロじゃ、『とっとと帰ってこい！』って、言われますよ」

氷室の足がピタッと止まった。ぶつかりそうになり慌てて川瀬がバランスを保つ。

「それは困る」

「でしょ？　困るでしょ？　ハイ、ください。」

　両手を差し伸べ、ニヤニヤしている。

「杉田から報告があっただろう。清一の母親がショックのあまり入院してしまったらしい。今はドクターの許可待ちだと言っておけ」

「それじゃダメですよ。怒鳴られますすよ」

「じゃぁ、お前、祐介を調べろ」

「調べろ、って、俺、面が割れていますよ。張り込むんですか？　こんな山の中で？　ウオー、イジメダ」

　氷室の平手が額を弾く。痛くはないが、問答無用の意思表示だと分かっている。

　結局、午後になって、川瀬は所轄で車を借り、祐介を見張る事になった。『だから、最初から車で動けばよかったのに』、一人でいるから愚痴でも言ってないと、眠りそうだ。思い切り氷室の欠点をあげつらった。こんなに欠点だらけなのに、何となく憎めないのはなぜだろう。よく分からない人だ。夕食用にと持たされたパンと牛乳を食べると、尿意をもよおした。

目の下は川を挟んで民家の灯りが飛び石のように点っている。空気も美味しいし、星は光る石がばら撒かれたようだ。気持ちがよかったが、軽トラのエンジン音に慌てて、身づくろいをするはめになった。軽トラは夜道をかなりのスピードで走っていく。『危ないなー』、まだ時間は七時半過ぎだ。いつ、人が飛び出してくるか分からない。『でも、こんな田舎じゃ、この時間は夜中に近いか……』。やがて、池田町の灯りが見えてきた。祐介が入った店は小さなスナックだった。入って行く訳にはいかない。車の中で待つ事二時間、やがて友人に助けられて祐介が出てきた。かなり飲んでいる。ふらつく足元で軽トラに乗り込んだ。『おいおい！　飲酒運転だぞ』、見過ごす訳にはいかない。祐介が一人になってから声をかけた。

「大杉さん。ちょっといいですか？」

物憂げにシートに寄りかかっていた祐介の顔が、驚いたように見詰め返した。見た目ほど酔ってはいないようだ。

「乗っていいですか？」

一瞬迷った表情を見せたが小さく頷くと、ロックキイを外した。昼間の川瀬の顔を覚えていたのだろう。助手席に座るとフロントガラスの先を見詰めている。

「何ですか？」

「いや、飲酒運転に目をつむる訳にはいかないのでね」

「それだけですか？」

「よく、飲みに行くんですか？」

「たまには息抜きしないと、死んじゃいそうだから……」

「死ぬ？　穏やかではないですね」

「刑事さんも、ここに長くいると分かりますよ」

川瀬には分からない。住めば都と言うじゃないか。こんなに綺麗なところで生活するのもいいと思うが、祐介も自分もないものねだりなのかな？　年齢は自分とあまり変わらないだろう。その分、祐介の心の不安定さだけは理解出来そうな気がした。

「取り敢えず、送ります。車はあとで取りに来てください」

東京と違い不法駐車にはならないだろう。祐介は諦めたように車を降りた。二十分ほどの帰り道、いろいろ聞き出そうとしたが、ガードは堅い。氷室と作戦を練らなければ対応出来そうにない。送り届けてから再度、駅前に戻り氷室を探したが、姿が消えていた。もう十一時に近い。いったいどこに行ったのか……シャワーだけでも浴びたかった。熱い湯を浴びた身体は疲れをほぐされたのか、川瀬はいつの間にか眠ってしまっていた。気が付くとカーテンを引き損ねた窓から日差しが射し込んでいる。慌てて時計を見ると、午前七時を示していた。ぐっすり眠れたせいか身体が軽い。隣の部屋をノックすると、すぐに返事が返ってきた。氷室も、もう起きているようだ。

「おはようございます」

「おう！　起きたか。飯食いに行くぞ」

朝食を食べながら、昨夜の報告をすませた。氷室は黙って聞いている。

「ところで、昨日、どこにいたんですか？　探しましたよ」

「あぁ、大杉の親戚関係を当たっていた。昔、分家の嫁が殺されていた。もう、五十年ほど前の話だがナ」

「そんな昔の事が、今回の事件と関係があるのですか？」

「分からないが、無視は出来ない。報告はしたのか？」

「はい。昨夜しました。課長が、とっとと終わらせて帰ってこいって言っていましたよ。中本清一の情報が少な過ぎて、かなり血圧が上がっていますね」

「血管切れるぞって、脅かしたか？」

「そんなー。そんな事言えませんよ」

「だろうな。言えたらお前も、もっと成長出来るのにナ。まあいいや。それより、殺された分家の嫁の名前は大杉セイ、大杉家の分家である次男に嫁ぎ、子供を四人もうけた。三男坊に多喜子という娘がいたようだ。恭二は、本家の長男、利一の遅く産まれた次男だが、大杉セイの甥で多喜子から見ると自分の父親のいとこに当たる。恭二の息子の清一にとって多喜子は再《また》いとこになるが、恭二が遅く生まれたため、多喜子との年齢に近いのだろう。多喜子は所在不明だ。祐介は恭二の兄、本家の利一の長男、祐一の息子だから恭二にとっては甥になるな」

「ややこしいですね。ところでその多喜子っていうのが今回、何か関係があるのですか？」

「恭二が『多喜子』を見つけたと話していたのを聞いた友人が、多喜子の父親の兄弟に話したらしい」

「その事が中本清一殺しに繫がるのですか?」

「短い間に父親と息子が殺害されたのを不思議に思わないのか? 関係ない訳ないだろう。何か共通の原因があるはずだ」

「じゃ、その大杉多喜子に、恭二親子が最近連絡を取ったって事ですか? その女性は居所不明ですよね?」

「それをこれから調べるのさ」

言うが早いか、氷室はロビーを横切り表に出ていく。川瀬はレジでサインをすませ、追いかける羽目になった。何が何だかよく分からないが、こういう時の氷室は獲物を見つけたヒョウのようだ。見定めた目標物は必ず落とす。その先には真実がある事を川瀬は知らずしらず教えられていた。こうなったら誰も止められない。黙って従って行くしか答えはなかった。車は使わず十五分ほど歩かされると、暖かい光は川瀬の額に汗を滲ませた。メイン通りを外れた先に古い一軒家が現われた。足を止めた氷室は、チャイムを押すが音だけが響いている。突然表戸を叩き出した。勢いで引き戸が壊れそうだ。慌てて腕を押さえようとした川瀬の動きを止めるように、戸口が大きな音を立てて開いた。目の前に、鬼瓦のような顔が現われた。

「うるせー！　何だよ！　人の家、壊す気か！」

黙って警察手帳を示す氷室に一瞬、鬼瓦の腰がひけた。年は六十代ぐらいだ。起き抜けを奇襲された気分なのだろう。

「遠藤春男さんですね？　中本恭二さんのご友人だと聞きましたが」

「あぁ……」

「ここ最近、中本さんと会った時、変わった様子はありませんでしたか？」

「最近？　変わった様子？　あいつと最後に飲んだ時の事かな……。急に電話がかかってきて、営業で近くに来たから、会おうって言われて居酒屋で飲んだよ」

「その時、中本さんの様子はどうでしたか？」

「様子って言われても……。ただ、自分から呼び出しといて、用事が出来たからって置いてきぼりくったけどな」

「理由は分かりますか？」

「理由ねー。……確か、店の親父がテレビを点けたんだよな。何気なくテレビを見ていたけど、親父がチャンネルを変えたら、画面をジッと見詰めて『多喜子だ』って吃驚《びっくり》した様子だったな。それから、急に帰るって席を立った。あれが、最後になったけど、何となく寝覚めが悪かったから、一応、多喜ちゃんの伯父貴《おじき》には伝えたけどな」

「大杉多喜子さんをご存じだったのですか?」

「当たり前だろう。知らない奴なんていないよ」

今までよく見つからなかったものだ。やはり五十年の年月は長過ぎたのか……。

「何の番組でしたか?」

「うーん、確か……『時の人』とか何とかって番組だったような気がする」

「放映局はどこですか?　何曜日の何時くらいでした」

「確か……火曜日だったかな?　俺が代休取った日だから……午後八時くらいだと思うよ。局は覚えてないな」

「ありがとうございました」

あっさりと引き上げる氷室の後ろ姿を見て、鬼瓦は川瀬に目を向けるが、川瀬には説明は出来ない。この男の住まいは昨日の内に得た情報なのだろう。逃げるように頭を下げ、氷室を追いかけた。

「川瀬！　週刊テレビ番組の本を買ってこい。多分、四国放送か西日本放送だと思うが確認したい」

すべてが早送りのフイルムのようだ。言われたままに動いている自分が情けなくもあったが、それよりも展開のほうに興味があった。氷室についていてよかったと思う瞬間だ。渡された雑誌をめくる氷室の手が止まった。

「やっぱり西日本放送だ。同じ番組名がある。川瀬、行くぞ」

「はい！」

香川、岡山両県を放送領域対象としている放送局はそれなりの規模を誇っていた。対応に出てくれた局員に過去の番組を調べたい旨を伝えると、あっさり許可が出た。番組名とおおよその日付を伝えると、十分ほど待たされ試写室に案内された。一か月分の映像が流されたが、一週間に一度の放映なので、正味四回分だ。内、二人は男性だった。残ったどちらかの女性が大杉多喜子だ。年齢から見ても一人の女性に絞られてくる。

「この方は？」

「あぁ、まみやたき先生ですね」

「先生？」

「はい、教育評論家の先生です」

「まみやたき……は本名ですか？」

「さあ？　我々はずっと、そうお呼びしているので。出版物もその名前ですよ」

「ありがとうございました。お手数をおかけしました」

「あのー、まみや先生が何か？」

「いえ、参考のためだけです。事件ではありません」

局員に向ける氷室の笑顔に、川瀬は一歩引いた。めったに見せない表情だ。何か目論見があるのだろう。歩いていく後ろ姿は揚々としている。

第四章

交差した線

恭二の事が気になりながらも、何も出来ないまま時間だけが過ぎていた。心の中にわだかまりが澱《おり》のように溜まっている。出版社から依頼されたエッセイ集をまとめながら、時々、テラスの先にある青葉の芽に目が行く。やはり、今年はなかなか、暖かくならない。もう直ぐ、四月の声を聞くというのに日本は寒気団に覆われていた。このまま二、三日居座ると、天気予報では伝えている。でもここにいる限り、東京にいるよりは気分的には休めるような気がする。

アイポットから、チャイコフスキーのバイオリン協奏曲が聴こえてきていた。「オーケストラ」の一シーンが閉じた瞼の裏に浮かぶ。思わず涙した場面だ。捕虜になったユダヤ人夫婦の無念と悲しみが伝わってくる。何度見ても見飽きない映画だった。

漂う紅茶の香りに目を開けると、

「先生、一休みしましょう。あまり根を詰めてもいけないですよ」

木目模様がウエーブを創るテーブルの上に紅茶が置かれた。香りが仄《ほの》かに漂う。

「まだ、犯人は捕まらないのでしょうかね」

多喜子の心を読んだように、京子が聞いてくるが答えようがない。

「本当ね、岡山で会って以来、一度電話があった切りで亡くなってしまって。何が何だか分からないままになってしまったわね」

「あの方は、先生に何の用事があったのですか？　話していただけませんか。私でも力になれるかもしれません」

昔の事をどこまで話せばいいのか迷う自分がいるのも確かだが、事は殺人事件だ。京子が気を揉む気持ちも分かる。やはり話さなければ。迷う心にけじめをつけた。

「もう、五十年以上も昔の事になるんだけど、私の祖母が亡くなった件で訪ねていらしたの」

「亡くなった件？　って……」

「殺されたの……」

　思わず、息を吞む京子の顔が驚きを隠せない。

「未解決のまま時効が来てしまって……その事で恭二さんには心当たりがあったようなの。それで、私を捜していたらしいけど見つからなくて、最近、テレビで私の事を見つけたみたいなの」

「それで、訪ねてらしたんですね」

「そうなの。お会いした時、犯人を伝えたいと思って来てくれたようだったのに、もう少し時間が欲しいとおっしゃって、帰っていかれたの」

「あの後、一度、お電話がありましたよね。その時は何を？」

「『やはりそうだった。やっぱり、あいつだった』って、明日そちらに行きますって言っていたのに、殺されてしまった。五十年以上も経って、今、事件が息を吹き返してきたの」

　肩に重みがのしかかってくる。こめかみを揉み始めた多喜子に、

「先生、警察に届けましょう。話さないと駄目です」

「分かっているの。でも、みんなに迷惑がかかると思うと、動けなくて……」

「大丈夫です。私がちゃんと補佐しますから」

顔を上げると京子の頼もしい笑顔がそこにあった。東京に帰ったら警察に連絡を入れる事にして、目の前の仕事を片づける事にした。が、昼過ぎのチャイムの音で、その必要はなくなった。玄関先に立った二人連れは警察での身分を示した。ログの家が珍しいのか吹き抜けの居間を見回す。

「いいお住まいですね。こちらを拠点にしていらっしゃるのですか?」

年嵩《としかさ》の長身の男が多喜子の目を真っ直ぐに見詰めてくる。明晰さが瞳の中に見える。研ぎ澄まされた動物の印象だ。

「顔を出さなくていい時は、出来るだけここで過ごしています」

「こちらがお好きなのですね」

「ええ、ホッとする場所なので」

「いくつか、本を読ませていただきました。先生の教育観念が伝わるといいですね」

正直、驚いた。この人は私という人間性の一部を捉えて会いに来ているんだ。京子が問いかけた。

「警察の方は、そこまで調べてみなさんに会われるのですか？」

「まさか。自分に興味があっただけです」

「興味？」

「はい、教師になりたいと思った時期があったので」

本当か嘘かは分からないが、京子は口を噤《つぐ》んだ。

「今日は、中本恭二さんの事でお話をお聞きしたいと思って伺ったのですが、最近、中本さんと会われましたか？」

多喜子は、ここ四か月ほどの出来事を二人に話した。出来るだけ感情を入れずに話したつもりだったが、やはり同情の表情が、若い刑事の顔に浮かんだ。

「申し訳ありませんでした。東京に行ったら警察に行ってお話ししなければと、話していたんです。でも、私まで辿り着くのは、ご苦労があったでしょうね」

「徳島に行ってきました。いいところですね。いろいろな方にお会いして、まみや先生に辿り着きました」

「いろいろな方？」

「はい。でも、どなたも今の先生の事は知りませんでした。先生は行方不明になっています」

多喜子の口元から苦笑が漏れた。どこかでホッとしている自分がいる。

「そのままにしておいてくださいますか？　今更、遠い昔の事で騒がれたくはないので……。捜査の事は、私に出来る事であれば協力させていただきます。ただ、祖母の事が原因で恭二さんが亡くなったのであれば話は別ですが」

「おそらく、発端は大杉セイさんの事です。恭二さんの他に恭二さんの息子さんが殺されています。本来、私はそちらの担当なのですが、動いている内に恭二さんに辿り着きました」

多喜子は声も出なかった。祖母を巡って二人の人間が命を落としている……思わず頭を抱えてしまった。

「先生、大丈夫ですか？　あの、あなた方は先生に何を求めているのですか？」

京子の棘を含んだ声が聞こえる。

「我々は先生を疑っている訳ではありません。ただ、大杉セイさんの事はあまりにも遠い昔の事で情報が少な過ぎるのです。先生の記憶を呼び戻していただきたいのです」

伏せていた顔を上げると、目の前に真剣な顔が見えた。

「あなた、もう一度お名前を……」

「氷室……氷室圭介です。この男は川瀬浩二です」

氷室の名前に頭の隅が小さく痛みを発した。傍にいる川瀬の目が多喜子を捉えている。まだ、人を疑うには優しい目だ。

「分かりました。出来るだけ思い出してみます。あまり自信はないのですが……」

「結構です。無理をなさらずゆっくりと思い出してください。それでは今日は失礼いたします。また、明日伺います」

礼儀正しくお辞儀をして二人は帰っていく。氷室の後ろ姿を見ながら、遠い昔に同じような歩き方をする男の子がいた事を思い出していた。多喜子を庇ってくれた顔が浮かんできた。確か、ショウタ……。氷室将太の名をおぼろげに思い出した。

「先生？　少し、休まれますか？　ベッドは整えてありますけど」

「大丈夫よ。エッセイ集をまとめてしまうわ。明日も、お二人がいらっしゃるそうだから」

「無理はしないでくださいね」

京子の優しい気持ちは嬉しかった。ショックな出来事で私も疲れているが、京子も疲れているだろう。

「京子ちゃん。少し休んでらっしゃい。まだ夕飯までには時間があるから」

「ありがとうございます。お言葉に甘えさせていただきます」

階段を上り遠ざかる足音が消えた。京子に申し訳なく思う多喜子がいたが、何をどう話せばいいのか分からない。殺人事件なんて普通の一生では巡り合わない事のほうが多い。多喜子にとってもそうなのだから、京子にとっては青天の霹靂だろう。

エッセイ集はなかなかまとまらない。締め切りまで少しは時間がある。祖母が亡くなった日の事を考えた。

あの日、アパートに帰ったのは三時頃だった。校庭にはサルビアの花が咲き誇っていた。前日から帰ってこない祖母を気にしながら帰宅した事を思い出す。いるものと思っていた姿が見えず、怪訝に思っているところに警官が来た。祖母の死を伝えられたが、直ぐには理解出来なかった。聞き直して初めて、事の重大さに身体が小刻みに震え出した。

無我夢中で三縄に着いた時、大杉の本家から担架に乗せられた祖母の亡骸《なきがら》が、警察に運ばれる途中だった。門に近い植え込みに白いテープで人型が作られていた。祖母はここに倒れていたのだという事は分かったが認めたくなかった。

あの時、誰が自分の周りにいたのか……。門の外には大勢の野次馬がいた。庭には大杉本家のお爺ちゃんと長男夫婦と次男の恭二……いや、お爺ちゃんはいなかった。あのあと、挨拶をするように言われて、病床に伏している部屋まで長男に連れていかれたが、眠っているようで、声をかけても反応がなかった。

そのあと、連れていかれた分家で待っていると、連絡を受けた父が来た。その時には祖母の遺体は分家で祀られていた。伯父たちは今更のように父を責めたが、多喜子はこの人たちに父を責める資格はないと頭の隅で思っていた。連れ合いの嫁たちが、こぞって祖母との同居を拒否した事を聞いていたからだ。子供心に反発は感じたが、何も言えない自分がいた事も事実だった。

形ばかりの葬儀をすまして、父は多喜子の手を引き分家をあとにした。祖母の写真が一枚だけ多喜子の手の中に残った。生まれて五、六か月の多喜子を抱いた優しい祖母が笑っている。多喜子の手元には、父の写真と祖母の写真が一枚ずつあるだけだ。今更のように因果を感じる。

漠然と思い出したのは、あのあと、父の口から大杉のお爺ちゃんが亡くなったと聞かされた事だった。多喜子たちが分家を出たその日だったという。病床まで行った事を思い返してみた。あの時、何か変わった事はあっただろうか？　声をかけても、返答はなく、土気色の顔が見えるだけだった。今思い返すと、あの時は眠っているだけだと子供心に思い込んでいただけかもしれない。乾いた色の悪い口元が、今でも気味の悪い記憶で残っていた。もう亡くなっていたのかもしれない……。だがその事が今回の事に繋がるかどうか分からない。

翌日、氷室と川瀬は午前中に訪ねてきた。

「早くから申し訳ありません。今日の午後には東京に戻っていなければいけなくなってしまって。何か思い出された事はありますか？」

「関係があるのかどうか……」

「構いません。思い出した事をお話ししてください」

多喜子は不思議に思った大杉の話を伝えたが、自分がまだ小学六年生の子供だった事を付け添えた。一瞬、氷室の目がヒョウのように光ったのは気のせいか……。暇を告げる二人の後ろ姿を見送りながら、氷室の背が一つの目的に向かうように感じた。

祖母の死が大きな波紋を起こし始めている。恭二は、『やっぱり、あいつだった』と電話口で話していた。『あいつ』とは誰なのか？　恭二が知っている近い人間なのか。祖母が襲われる影を見たが、怖くて追いかける事も出来なかった彼は自宅に入り、直ぐに家人に話せたのだろうか？　その時、家族は全員揃っていたのだろうか？　いや、多喜子に知らせが届いた時間を考えると、夜が明けてから伝えたのだろう。祖母は殺された日に、何かを知ったのかもしれない。秘密が漏れる事を恐れた犯人に殺害されてしまったのではないだろうか？　今まで何の疑問にも思わなかった本家の主の死が、多喜子の中で小さな渦を起こし始めていた。

「先生？　大丈夫ですか？」

「あぁ、京子ちゃん。……何かいろいろ考えちゃって……」

京子も落ち着かなかったのか、キッチンから飲み物を持ってきて、ソファーに腰掛け思案気な顔を向けてくる。

「もし、その時、本家の方が亡くなっていたとしたら、なぜ、先生に挨拶をするように言ったのでしょうか？」

「そうよね。やっぱり、私の勘違いだったのかな」

「でも、生きていたと思わせる策略だったら、お祖母様《ばあ》の死にも関係してきますよね」

思わず、京子の顔を見てしまった。

「私、推理小説のファンなんです」

ニコッと笑ってウインクをする。

「もし、今回の事件にお祖母様《ばあ》の事が関係しているのなら、先生を苦しめて来た犯人が見つかりますよ」

京子の言う通りだ。すべての糸は繋がってくる。多喜子は何も出来なかった自分に終止符を打つ事が出来る。

過去を見つけに

一度、東京に戻った氷室は上司に散々嫌味を言われたが、中本清一の事件は過去の事件と関連させなければ、解決しない事を朗々と歌い上げ、納得させてしまった。おかげで川瀬はまた、徳島に行く事になってしまった。内心、氷室が上司を説得する事は分かっていたが、たまには上司にも勝って欲しいと思うのは我が儘だろうか？　一度でいい、上司にやりこめられる氷室が見たい。川瀬の中では今やその事が悲願になっていた。

会議を翻弄した氷室は、川瀬を帰し、事件以来現場に初めて足を踏み入れた。氷室は迷った時や、もう一度初心に戻る必要がある時は、自らをその場所に立たせる事にしている。坂本検視官と話がしたいと、唐突に思った。あのメタボの身体を思い出すだけで、笑みが浮かぶ。憎めないふくよかさに気持ちが癒やされる。

「氷室です」

「おぅ、あちこち飛び回っているようだな。どうした？」

「会議で出たんですけど、死因は出血死ではなく、脳挫傷だそうですね」

「あぁ」

「迷ったんですか？　坂本さんらしくないですね」

「厳しいなー。さすが氷室だな。そう、迷ったんだよ」

「なぜ？」

「初めは争った時に出来たものだと思って刺し傷に重点を置いてしまったが、頭蓋骨の陥没状態に疑問が出てきた」

「陥没の状態？　どういう？」

「お前、脳挫傷のこと気にしてたもんな。一度浅く陥没した骨の上から再度陥没しているると思ったんだが、一撃目の小さい傷が深かったんだ。どうやら一部鋭角になった石らしく、その上を九割九分方浅い傷が被ってしまっていたので見過ごしたのさ。腹の傷は発見されるまでにかなり出血していて、いかにも死因に見えるが、頭の傷でもう死んでいたのさ。犯人は、どちらが原因で死んだか分からないだろうなぁ」

「上はマスコミには発表しないようです。坂本さんの迷いが、犯人逮捕の決め手になるかもしれませんよ」

「何か嫌みに聞こえるな。ハッハハ」

陽気な笑い声に、礼を言って、携帯電話を閉じた。

あの時の状況を思い浮かべてみる。中本清一の身体が横たわっている。俯せになり、右手を差し伸ばしたままだ。後ろ上半身一面に土埃が付いている。腹を刺された清一は上体を起こし、誰かに助けを求めたのか……。分からない。まだ序盤だ。目の端に人影が動いた。

「氷室警部！　どうしたのですか?」

交番勤務の角宮巡査の人懐っこい顔に、街灯の光が当たった。

「君こそどうしたんだ？」

「いえ、何か遺留品がないかと思って、あれからこの辺を探っているんです」

「何か見つかったか？」

「いえ、鑑識さんが舐めるように調べて行ったあとですから、俺ごときが何かを発見出来るなんて事はないですよ」

「気に入らねえな」

「はっ？」

「そんな気持ちで探っていたら、見つかるものも、逃げて行くさ。謙遜も使い方を間違えると美徳にはならないぞ。絶対に見つけるという意気込みが大事だぞ」

「ハイ！」

いずまいを正し、敬礼する若者の肩を叩き、現場をあとにした。

一度通ったコースの風景は、ゆっくりと川瀬の身体を抜けていく。氷室は電車の揺れに任せて眠っている。今回の出張は二泊の予定だが、所轄へは一度挨拶をしているので時間は有効に使える予定だ。池田駅前には迎えの車が来ているだろう。そろそろ目的地が近くなり車内放送で伝えられるが、氷室はまだ起きない。腕に触ろうとした時、

「川瀬。着いたら祐介の友達を探してこい」

突然指示され、氷室が起きていた事に気づいた。

「友達って、どうやって探すんですか」

氷室は、お前はアホかと言う顔をしてさっさと降りてしまった。駅前で待っていた刑事から与えられた車と共に川瀬は放り出され、氷室は別の車で二人の刑事と共に去ってしまった。氷室は、駅前の売店に走る川瀬をバックミラー越しに見て首を振りながら、にやりと笑った。友人の所在を知るには学区を当たるのが速い。そのためには近辺の地図を手に入れる事だ。どうやら最初に役所を当たった事を忘れているらしい。

そのうち気づくだろう。

「どうかしましたか？」

氷室の笑顔に不気味さを感じたのか、運転席の刑事が聞いてくる。

「何でもないです。それより電話で話した件ですが、どうでしたか？」

「いやー、何せ半世紀も前の事なんで、情報提供者がほとんど亡くなっていまして……」

「検視官の方はどうでしたか？」

「助手をした方がいらっしゃいました。検視官は亡くなっています。当時の資料は探し出しました。とっくに時効が成立していたので、見つからないかなと思いましたがラッキーでした」

「お手数をおかけして申し訳ありませんでした」

「いやいや、我々にとっても未解決の事件は後味が悪いものですから。あの事件が起きた時、私はまだ小さかったのですが、兄が丁度、大杉多喜子さんと同じ歳で、時々、思い出したように話していました。あのあと、高校で一緒になったそうです」

「えっ、大杉多喜子さんは高校生の時、こちらに帰っていたんですか？」

「はい。中学三年生の十月に高松のほうから転校してきたみたいです。確か、親戚に預けられていたようで、途中からは、高校の卒業まで、寮生活をしていたと言っていました」

「……」

「兄が、会いたいけど、同窓会に一度も顔を出さないから、今は行方が分からないと言っていました。歳を取ると昔の知人に会いたくなりますよね。兄の気持ちは分かる気がします。大杉さんは兄の初恋の人だったようです」

ふっと吐いた息と共に優しい笑顔が零れた。谷田と名乗ったこの刑事の兄弟は仲がいいのだろう。氷室は一人っ子なので羨ましく感じた。

「谷田さん。あとでお兄さんに会いたいのですが、ご都合を聞いていただけますか」

「分かりました。連絡を取っておきます」

「宜しくお願いいたします」

氷室は、まみやたきの事は何でも知っておきたかった。大杉多喜子と名乗っていた時代も含めて……那須まで行って初めて会った大杉多喜子は、まみやたきのベールをまとっていた。父の将太がずっと幸せを願っていた人だ。彼女の幸せを確認するのが、父に対する氷室の想いだった。

　検視官の助手をしていたという人物も七十代になっていた。いつも思う事だが、地方の人たちの体力は年齢より若い。美味しい空気、水、食べ物のせいだろう。紹介された井本元検視官の記憶もハッキリしていた。

「可哀想な女の子でした。ムシロを被って祖母ちゃんと二人、三縄の駅まで歩いていた姿が忘れられません。それから、二年足らずで祖母ちゃんがあんな目に遭って、彼女はどうしているんでしょうね」

「ムシロを被っていたんですか？」

「ええ、父親が周りに借金をしたまま逃げていたので、祖母ちゃんと二人、顔を隠してこの村を出ていくしかなかったんでしょうがね。もう、四年生にはなっていたので、内心いたたまれなかったと思います。彼女には何の責任もないのに……」

　今の多喜子には、誰にも知られたくない過去だろう。

「亡くなった大杉セイさんの検視の時の様子で何か記憶に残っている事があったら教えてください」

「そうですね。報告書に書いた事がほとんどですが、少し疑問に思った事がありま
す」
「疑問？　ですか」
「はい。あの時は泥棒か不審者の仕業だと大方の意見は偏っていました。でも、私は
顔見知りの犯行ではないかと思いました」
「なぜ？」
「争った様子がないのと、家人が声を聞いていなかったんです。恐らくセイさんは知
っている顔に安心し切っていたんだと思います。話をしている間に相手が鈍器を手に
持っている事に気づいて、逃げようとした。その時、後頭部に振り下ろされたんだと
思います」
「ひとたまりもなかったでしょうね」
「小柄な人だったので頭部の陥没は酷いものでした。力一杯殴ったようです。それも
二度です」
「酷いなー」

「ええ、セイさんは人に恨まれる人ではなかったので、口を塞ごうとしたのかもしれません」

「口を塞ぐ……」

「いや、私の考えですがね」

「……セイさんが殺害されて、間もなく、大杉本家で不幸がありましたね。その時も立ち会われましたか？」

「はい、セイさんが発見されたのは、次男の恭二が前の日の夜に見た事を、朝になってようやく兄に話したからです。その日は騒動で一日が終わってしまいました。次の日の朝、本家の長男、祐一さんが、父親が死んでいると、交番に駆け込んできました。心臓発作だったのですが、家人が気づいたのが遅かったらしく、前日の夜亡くなっている事が検視の結果分かりました。セイさんの殺害された次の日の夜です」

「家人は何と……」

「夕飯を持って行った時は元気だったと……セイさんの死を悲しんでいたと話していました」

「亡くなった時間は正確ですか？　多少のズレは発生しますか？」

「あの当時の事なので、今ほど正確とは言えませんが、そんなに大差があるとは思いません」

「そうですか。井本さんに違和感はなかったのですね？」

「うーん、あえて言えば長男夫婦はあまり悲しんではいませんでしたね。元々、仲はあまりよくなかったからね」

「何が原因だったのかご存じですか？」

「祐一さんは結構遊び人で、あちこちに借金をしていたみたいです。大杉さんは遅くに出来た次男の恭二さんを可愛がっていましたから、そんな事も原因だったのかもしれません。祐一さんは父親が死んでから、一部の山林を売って金に換えたようです。まあ、その当時、大杉の家をよく知っている人の話ですが、どこまでが真実なのか分かりませんが」

「祐一さんと恭二さんの歳の差はいくつくらいですか？」

「一回りは違います」

「祐一さんも、子供を持ったのは遅かったようですね」

「いえ祐介君は次男です。長男を早くに亡くして、ようやく祐介君が出来たのですが、女房の命と引き換えでした。あの家は何故か女性が短命ですね。祐一さんも早くに母親を亡くしていますからね」

「ありがとうございました。何か気づいた事があれば教えてください」

「分かりました」

氷室は礼を述べ谷田と井本家をあとにしようとした時、井本の表情に違和感があった。

「何か？」

言いづらそうに躊躇し、息を吸い込み一気に吐き出した。

「これは私の感覚ですので、間違いはあるかもしれません。ただ、ずっと引っかかっていて……。ひょっとしたら祐一さんの父親はもっと早くに亡くなっていたのではと、思っています。確たる証拠はないので勘だけなのですが……」

「どうしてそう思われたのですか？」

「家人の様子と言うか、特に祐一さんの奥さんである美知恵さんの様子が挙動不審で、疑問を持ったんです。でもこの事はさっきも話したように私の勘だけです。結局、検視では祐一さんの言った事が通ったのですから」

改めて、礼を述べて井本家を辞した。

「五十年前にもっと深く調べていれば犯人に辿り着けたかもしれない、と思うと悔しいですね」

谷田はハンドルを叩くと大きな溜め息をついた。

「あの時代、世間はざわついていたから、地方の小さな出来事は捨てられていたんですよ。未解決事件になるのは警察の怠慢もあったのでしょうね。あっ、兄に連絡を取りました。明日であればお会い出来るそうです」

「ありがとう。お会い出来るのが楽しみですよ」

お世辞でもなく、本当に楽しみだった。大杉多喜子の事が分かっていくことが快感だった。谷田に送られてホテルに着くと、川瀬がロビーで痺れを切らしていた。祐介の出身校を当たったようだ。

「目ぼしい情報はあったか」

「意外と、友達が少ないですね。同級生は大阪方面に就職している人たちが多いですね。祐介も出ていきたかったようですが、父親が許さなかったみたいです。それ以来、親子関係はよくありません。時々訪ねてくる男がいたようですが、身元は分かりません」

「訪ねてくる男？」

「俺が最初に祐介を張ったスナックで会っていたらしいです。ここ何か月の話ですが」

「川瀬……中本恭二の顔写真、持っているか？」

「いいえ、すいません」

「俺の携帯から添付して送るから、スナックに行って確かめてこい」

「えっ！　今からですか？」

「夜じゃなきゃ開いてないだろう。飯は帰ってきてからだ」

ブツブツと文句を言いながら歩いていく川瀬を見ながら、中本恭二の顔がちらついた。

明日、谷田の兄に会えば、収穫があるかもしれない。遠い過去をどこまで思い出してくれるか、思い出してくれる事を願うしかない。川瀬は疲れて帰ってくるだろう。ひさびさに上司の嫌味を聞いてやる事にした。ねちねちと続く話をウイスキー片手に聞き流していると、ノックもせず川瀬が息を切らして飛び込んできた。興奮気味に話す川瀬を制し、携帯を閉じた。

「氷室さん！　中本恭二でした。祐介がスナックで会っていたのは、恭二でした」

「やっぱり。いつ頃から会い始めた？」

「恭二が大杉多喜子と会った直後です」

「明日、祐介に会いに行くぞ。恭二が訪ねてきた内容が分かるだろう。おそらく恭二自身が感じた事の確認だろうと思うが、祐介に確かめる必要がある」

「分かりました」

翌朝は朝から小雨が降っていた。妙な底冷えのする気候だ。祐介は地元の農協に勤めている。午後五時までは勤務だ。先に谷田の兄と会う事にした。連絡を取ると自宅で会いたいので来て欲しいとの希望だった。多喜子がいた同じ三縄の外れに谷田の実家があった。元々は小作の家柄だったが、一九四六年からＧＨＱの指導により行なわれた農地改革で得た土地が谷田の家を大きくしたらしい。谷田が地道な先祖のおかげだと話していた事を思い出していた。兄は大柄な弟に比べて一回り小柄だったが、腕や胸の筋肉はしっかりついていて、とても六十歳には見えなかった。谷田の兄は久一と名乗り穏やかな笑顔を見せた。

「多喜子さんに初めて会ったのは、大阪から転校してきた小学校一年の時でした。大阪からの転校生は田舎の小さな小学校に一つの旋風を起こしました。大阪は私たちにとって、都会です。多喜子さんは都会の風を運んできたスマートな女の子でした。父親は三縄の駅前で、その当時には先進なオートバイを販売する店をやっていて、母親はお洒落な人でした。幸せを絵に書いたように見えました。多喜子さんは控えめなおとなしい女の子でした。静かで、いつも笑顔でしたが、私はその裏にある陰を感じていました」

「陰……ですか？」

「はい。不幸の陰です。周りから幸せそうに見えても、彼女は不幸だったのだと思います。事実、それから二年も経たない内に家族は崩壊して三縄を逃げるしかなかったのですから……。だから、高校で会った時には驚きました。もっとも、彼女は、中学三年生で戻ってきていたのですが、中学は一緒ではなかったので知りませんでした」

「高校では、寮に入っていたと聞きましたが？」

「一年の夏休み以降です。休みに入る前に一学期の最後のホームルームで、東京に転校すると担任教師から伝達がありました。彼女は俯いていました。行きたくないのかなと感じました。私は彼女の乗る汽車を調べました。その日、一人で乗っていく彼女に、ツルゲーネフの『初恋』を渡しました。内容もよく分からず、表紙の題名だけで選んで渡してしまいました。同じ本をあとから読んで、恥ずかしかったですよ。だから、転校せずに帰ってきて、二学期に会った時はどうしようかと思いましたよ。冷や汗ものでしたが、彼女が近づいてきて、『凄くいい本だった。ありがとう』と言われた時は嬉しかったですね。私自身の初恋でした」

あの頃を思い出したのか、遠い目をして優しい笑みが口元に浮かんでいた。

「羨ましいです」

川瀬の独り言に久一は微笑んだ。

「幸せな思い出です」

「どうして転校しなかったのでしょう？」

「詳しい事は分かりませんが彼女は寮生活が出来るようになってから、明るくなりました。高校生活をある意味楽しんでいたと思います」

「その頃の多喜子さんの友達はご存じですか？」

「もちろん知っています。学生時代も交流はあまりなかったのですが、同窓会で会えたので、彼女の事を聞きました。詳しくは知らないようでした」

「友人の方のお名前を教えていただけますか？」

「いいですよ。でも、なぜ？　彼女の事を調べているのですか？」

「多喜子さんの過去が、今起きている事にヒントを与えてくれるかもしれないと思っています。あとは私の好奇心です」

少し疑問に思ったようだが、警察の力を持ってすればすべてを知るのは容易《たやす》い事だと分かっているのだろう。一度頷き、友人の名前を伝えた。今の時点では友人との関連性は見えない。深追いはしない事にした氷室を、怪訝な顔をした川瀬が見詰めている様子が分かったが無視をした。また、何かあればご連絡しますと礼を述べ歩いていく氷室の背に、

「俺、分かんないんですけど、氷室さん、大杉多喜子を疑っているんですか？」

「疑っていないよ」

「じゃ、何で調べているんですか？」

「言っただろう。好奇心だよ。それよりお前の『初恋』は失敗だったのか？」

突然、矛先を向けられて川瀬は口をあわあわさせた。慌てて立ち直り喧嘩腰で突っかかってくる。

「どうしてですか！」

「久一さんを『羨ましい』って言っていただろう？」

「聞こえましたか？　まいったなー」

「あんな大きな独り言、普通、聞こえるだろう」

＊

勤務を終えて会った祐介は、相変わらず、表情が暗い。ここにも不幸を背負った奴がいる。もっとも、今の時代は、個人的感情の不満が不幸を呼び寄せている可能性が強い。氷室は同情する気も起きない。親や他人、ひいては環境のせいにする。自分の責任はどこかに飛んでいる。子供の頃の環境の影響は大きいが、自己が確立し出したら自分の生き方の問題だ。こういう輩《やから》に対してどうするか。同世代の川瀬のやり方を見てみたい。

「川瀬、お前に任せるからやってみろ」

「えっ！」

信じられないと目が訴えてくる。

「自分なりのやり方でいいから。祐介の心に入ってみろよ」

二度会っているし、一度は、張り込みで面識がある。会話はあまり交わしていないが、祐介にとっては、川瀬のほうが氷室より近いだろう。

農協の裏口から出て来た祐介は黒い霧に覆われているようだった。

「よう！　疲れているところ悪いんだけど、いいかな？」

川瀬なりの表現だが、後ろ姿は筋肉が引きつれているようだ。氷室は喉元で、笑いが我慢している音を聞いた。

「なんなんですか？　話す事は何もないですよ」

不機嫌そうに顔が歪《ゆが》む。

「聞きたい事があってね。最近、中本恭二さんと会った？」

祐介の顎が一瞬ひけたが、立て直そうとする様子が見える。ここで妙な間を置いて、心の中に逃げ込まれると、ダンマリを決め込まれてしまう。

「二人がいるところを目撃している証人がいるんだけどね」

「証人って、誰だよ！」

「あんたが、出入りしているスナックの人たちさ」

「スナック？　じゃあ、裏は取ってきてるんだ。だけど俺は殺してないよ」

「殺してないかもしれないし、殺したかもしれない。今の段階ではどちらの証拠もない。知っている事は話したほうが得だと思うがね。叩けば埃が、嫌っていうほど出ると、困るのは自分だぜ」

氷室は自分のやり口を川瀬の中に見た。こいつ、俺で勉強してやがる。妙な脅しのかけ方がよく似ている。少しは期待出来そうだ。農協の勤務を終えた職員が物珍しげに見ていく。祐介を連れて、近くのさびれた喫茶店に移った。祐介は少しの間背もたれに身体を預けていたが、諦めて不機嫌そうに話し出した。

「どうやって調べたか知らないけど、去年の十二月に入って間もなく、いつものように、店に行ったら、ママに待ち人がいるって言われたんだ。俺、恭二叔父さんに会ったのは、ずいぶん昔だったので、初めは分からなかった」

「どれくらい会ってなかったの？」

「小学校一年の時、親父に連れられて香川県に行った時に会ったけど、それ以降は会っていない」

「で？　何の用で会いに来たのかな」

「実は、俺もよく分からないんです。何のために来たのか？」

「何を聞かれたんだろう？　出来るだけ思い出して欲しいんだけど」

「昔の話を知っているか？　って、聞かれた。俺が生まれる前の事だけど。大杉セイって人の事と、多喜子さんって人の事……。殺人事件の事……」

「知っていたの？」

「何となく、聞いた事はあったけど、俺、三十だよ。五十年以上も昔の事、知っている訳がないでしょ！」

「そうだよねー。他には何か聞かれなかった？」

「あとは、親父の事かな。会いに行けばいいのに、って思ったけど、会いたくなさそうだったたな。喧嘩別れでもしていたのかなー。遺産の事もあったのかもしれない」

「遺産？」

「ああ、何回目かに、飲み過ぎたのか愚痴が出るようになって、『兄貴がほとんど取って俺には雀の涙だった。親父は俺に半分は残すって言っていたのに』って、悔しがっていた」

「そうだな、半分ずつが道理だよな」

「いや、叔父さん曰《いわ》く、祖父《じい》ちゃんは、家《うち》の親には残さないつもりだったって」

「じゃ、半分は誰に？」

「分からないけど……そう言えば、最後に会った時、突然黙っちゃって、『またな』って言って帰って行ったけど、あれっきりになってしまったな……」

「お祖父さんの遺言書はなかったの？」

「一応はあったみたいだけど、亡くなる少し前に、『書き直したいから』って、弁護士さんに戻して貰ったみたい。そのあとは、誰も見てないようだった」

川瀬が俺を見る。聞く事が、なくなったようだ。氷室は静かに聞いた。

「君は、大杉多喜子さんの事をどこまで知っているんだ？」

「えっ！　何も知りませんよ」

「嘘をつくなよ。中本恭二の話の中に出てきているはずだよな」

川瀬は、祐介の背筋が伸びたような気がした。蛇に睨まれたカエルのようだ。

「中本の息子の清一には、いつ連絡を取ったんだ？」

川瀬と祐介の驚いた眼が氷室を見詰めてくる。

第五章

遠い出来事

―一九六四年　七月十日―

大杉セイは、本家からの連絡に戸惑っていた。大杉の次男だった夫を亡くしてからも、四人の子供を育て上げ、猫の額ほどの畑で野菜を作り、鶏を飼い、質素な生活をしていた。大杉の姑が亡くなった時に分与された僅かな現金は子供たちの教育費に消え、贅沢をする事もなく時代に流される事もなく、ただ、淡々と生きてきた。多喜子の事が気にかかり徳島の地を離れている事が多くなっていたが、本家の長男はセイに哀れを感じていたのか、早くに亡くなった弟の嫁の事を気にかけてくれてはいた。それでもせいぜい本家に行った時に顔を合わせるくらいで、冠婚葬祭以外ではわざわざ呼び出される事はなかった。今回の連絡は不可解だったが、行かない訳にはいかない。香川から徳島までの運賃は痛いが、仕方がない。本家に着いたのは午後三時を過ぎていた。多喜子の事が気にはなったが、今日中には帰れるだろう。

通された座敷に義兄は臥《ふ》せていた。具合が悪いのか、顔色が優れない。

「どうされたのですか？　あに様、お身体の具合が悪いのですか？」

「あぁ、さすがに寄る年波には勝てないね」

「何をおっしゃっているんですか。まだまだお元気でいて貰わないと……」

「ありがとう。でも、自分の寿命くらいは分かっているよ」

薄っすらと笑った顔からは、確かに、生気が抜け落ちていく。

「今日来てもらったのは、渡したいものがあってな。受け取って貰いたい」

白い封書の表には、『遺言状』の三文字が達筆な字で書かれている。不思議そうに見詰めるセイに「開けてごらん」と、優しく微笑む義兄の顔があった。そっと広げたセイには何が書かれているのか分からない。セイは教育を受けていなかった。辛うじて、平仮名は読む事が出来たが、漢字は読めない。救いを求めるセイの目に、義兄は改めて思い出したようだ。

「あぁ、悪かった。読めないんだよな」

　こくりと頷くセイに、言葉で伝えてくれた内容は予想もしない事だった。本家の総財産の半分をセイに、半分を恭二に残すという。恭二はともかく、自分にはそんな資格はないと辞退したが、義兄は譲らなかった。今日は、封書を持って帰れと言われ、セイは仕方なく、預かる旨を伝えて部屋を出た。どうしていいのか分からなかったが、多喜子が待っているのが気にかかり祐一夫婦に挨拶をして玄関を出た。恭二はまだ帰っていないようだ。

　本家の広い庭はもう薄暗く、夜のとばりが落ち始めていた。家の中から漏れてくる灯りを頼りに門に向かっていたセイは後ろから声をかけられた。振り向くと逆光の中に見知った顔が、微笑んでいる。セイは義兄と話している時に隣の部屋との仕切りの襖《ふすま》が少し動いた様子に気づいていた。やはり聞き耳は立てられていたのだろうと再認識した。今回の話をどのように伝えようと口を開きかけたセイに、

「親父は死んだよ。預かった物を返して貰おうか」

薄っすらと笑う、祐一の顔が、迫ってくる。

「死んだってどういう事ですか？　何を言っているんですか？」

「俺が殺したんだよ。枕で押さえつけたら、あっけなく死んだよ。まあ、殺さなくても、どの道、近い内には死んだと思うけどね」

狂っている。セイは自分に迫る危機を感じた。胸に抱えた小さな布袋の中には、義兄から預かった封書が入っている。これを恭二に届けなければならない。門に向かって走り出した。あと少しで本家の敷地から出られると思った時、衝撃が頭を襲った。意識が混濁する間もなく、二打目が振り下ろされ、セイの流した血は土の中に吸い込まれていった。


恭二は、一歩踏み入れた庭先で、母屋から漏れる灯りの中の二つの影を見ていた。身体が硬直して、動く事が出来ない。植木の隙間から逃げていく男の後ろ姿が一瞬見えたが、足音が消えるまで呪縛は解けなかった。やがて恭二は人の形をした物体が闇の中に溶け込みつつあるのを横目に、逃げるように家の中に入ったが、恐怖が先立ち兄たちに話す事は出来ず、布団に潜り込んでしまった。翌朝、昨夕見た事が夢である事を祈りながら、兄に伝え、自分の目で確認したが、事実は変わっていなかった。小柄なセイの亡骸は昨日と同じ形で横たわっていた。そして翌日に父親の死を知らされた。二つの降って湧いた不幸の中、兄から怪しい男の事を口止めされたままセイのために闘う事を放棄してしまった。この事が何十年も恭二を苦しめ、実家から足を遠ざけてしまう一因になった。

恭二はこの時、中学生になっていたが、兄の祐一は二十五歳を過ぎていた。二十歳過ぎに見合い結婚をしていたが、子供に恵まれたのは恭二が高校生になった時だった。

多喜子の事が気になり、何度も恭二はセイの息子たちを訪ねたが、三男の放蕩な弟の話をするのも嫌らしく、明快な答えは返ってこなかった。それでも、一つの情報が入ってきた。多喜子の父親が亡くなったという。分家は本家への義務として報告をしただけで、相変わらず、多喜子の事は分からないの一点張りだった。子供心にも、そんな事はあり得ないと思ったが、兄の祐一も興味を示さず、方法が見つからなかった。

その後、大阪で大学生活をしていた時、多喜子があの頃、直ぐ近くにいた事を知ったが、もうすでに高校を卒業して、地元にはいなかった。あとから考えるとあんなに狭い環境だったのに、子供にとっては広かったのだとつくづく思い知らされた。大阪に出てからは、次第に実家に足が向かなくなっていた。兄の祐一の長男が川で溺れて死んでしまった事が、余計に足が向かなくなった理由の一つでもあったが、葬儀の時に発した兄嫁の言葉が気にかかっていた。気が狂ったようになっていた兄嫁は兄に向かって、

「罰が当たったんだ！　あんたがあんな事をするから祟《たた》られたんだ！」

兄は慌てて、嫁を別棟に連れていったが、帰ってきた時には、顔に血の気を感じなかった。

その時になって初めて恭二の中で、逃げていく後ろ姿が、兄に重なった。だが、あまりに遠い出来事で子供の目で目撃した事だ。確信は持てなかった。実の兄を疑う事は恭二にとって辛い事だ。会うたびに心が疑惑で揺れるのなら、会わないほうがよかったし、可愛がっていた甥の遺影を見るのも辛い事だった。恭二は就職も結婚も自分の意思だけで決め、中本家に婿に入った。そんな折に、兄嫁の美知恵が身重の身体で

訪ねてきた。中本の姓を名乗り始めて間もなくの事だった。

　美知恵の口から語られたセイの話は信じられない出来事だった。遺言書の事も初耳だった。時効が過ぎていた事もあったのだろうが、美知恵の中では二人目の子供が何事もなく育ってくれる事を祈ったのだろう。

「私にはどうする事も出来なかった。夫は義父とセイさんの話を聞いて逆上してしまい、遺言書をないものにしたかったのです。当時、夫には賭け事の借金がかなりありました。何度も繰り返された事なので、義父はもう助けてはくれませんでした。今まで立て替えたお金が夫の相続分だと割り切ったようでした。それが憎しみを生んだんだと思います。セイさんは、あっけなく亡くなってしまいました。あなたに見られてしまったかもしれないと、夫は怯えていましたが、やがて時間の経過と共に安心したようでした。今更こんな話をする私を許してください」

　恭二に話す事で夫の罪の償いをしたかったのと、長い年月、誰にも話す事が出来なかった懺悔でもあったかもしれない。

「……次の日に親父が亡くなりました。あれは偶然ですか？」

「私には分かりません……。記憶が曖昧なんです。ごめんなさい……」

恭二の前から去っていく後ろ姿は、ある意味肩の荷を下ろしたように見えたが、美知恵を見たのはそれが最後になった。皮肉な事に、祐介の命と引き換えに美知恵は亡くなった。葬儀の時のやつれた兄の姿に、今更、何も言うまいと決めたが、多喜子には謝りたいと思った。消えかけていた熾火《おきび》が再び赤い小さな炎をつけ始めた。探さなければ。探して兄のした事を謝罪しなければ……。だが、多喜子の行方はようとして分からなかった。それから、六年後、清一が産声を上げた。

＊

「聞かせてもらおうか」

氷室の声が静かに響いた。祐介の目が泳ぎ始める。川瀬には何が何だか分からない。

「俺は……俺は何もしてない。二人を殺してはいない」

「だろうな。お前には出来ない、そんな必要も、勇気もない。だが、切っかけを与える事は出来た。無意識の内に。今、その事がお前を苦しめている」

途中から伏せられていた顔が、救いを求めるように、氷室を見返す。僅かな沈黙のあと、祐介はポツリポツリと話し始めた。

「叔父さんは、亡くなったお袋から聞いた話をしてくれた。ショックだった。時効とは言え、親父が人殺しだなんて聞かされて、平気な子供がいる訳ないだろう？　一瞬、叔父さんを憎いと思った。何で今更、そんな話を俺にするんだと思ったよ。聞いている内に、純粋に大杉多喜子さんのためだけに動いているんだって分かった。事件があった時の自分の取った行動が許せないって、多喜子さんに謝りたいって、言っていた。でも、自己満足である事に変わりはない。迷惑な話だと思いました。もし、多喜子さんが騒いだらとんでもない事になる。今や、彼女は著名人だ。マスコミも放っては置かないだろうと思うと、夜も眠れなかった」

その時の苦悩が甦ったのか、表情が歪《ゆが》んだ。

「どうしようもなくて、親父に話したんだ」

「親父さんは何て言っていた？」

「『母さんは、妊娠中だったから、精神が不安定だった。家の庭で人が死んでいたんだ、いつも怯えていたのは仕方がない事だった。お前の兄貴が死んだ辺りから余計におかしくなった』って……」

「信じたのか？」

「信じました。そのほうが楽だもの。でも、叔父さんが殺された辺りからどうすればよいのか分からなくなった。清一には俺のほうから連絡を取りました。叔父さんの葬儀の時、携帯番号を聞いていたから……」

「どこまで話したんだ？」

「親父の事は話せなかった。多喜子さんのお祖母ちゃんが殺された事、犯人らしい人間を昔、恭二叔父さんが目撃したかもしれない話をしました」

「清一の反応はどうだった？」

「黙って、考え込んでいました。それから、ニヤッと笑ったんです」

「笑った？　何で？」

不思議そうに聞く川瀬に、祐介は顔を横に振った。

「分かりませんよ。清一も死んだんだから……ただ、小さな声で金が何とかって言っていたな。聞き返したら『何でもねーよ』って返ってきたけど」

口調が対する人によって変わる。心が不安定なためか縦社会という職種のせいかこのままじゃ人生損するなと思わせる男だ。最近、このタイプが増えてきた。氷室も人の事は言えない、一貫して口も態度も悪いが、コロコロ変わるよりマシだと思っている。

「それは、いつ頃の事だ？」

「三月の初めです」

中本親子の話をして、少し気持ちが軽くなったのか、今度は、自分の親父の心配をし始めた。祐介にとって、お袋は精神不安定だったのだから、親父が殺人者である訳がないと思いたいのだろう。

「五十年以上も昔の事、俺は忘れたい。親父だって同じだと思います。もう放っておいてください」

言うだけ言うと、祐介は席を立ち、店を出ていった。

「どういう事ですか？　やっぱり、大杉多喜子が絡んでいるって事ですか？」

「絡むところまでいったかどうか、彼女の様子では、今のところ分からないな」

古びた喫茶店に川瀬の五感が激しく抵抗している。早く外に出たい、新鮮な空気が吸いたい。氷室は何やら考え込んでいる。

「氷室さん！　外に出ませんか？　俺、精算してきます」

「死にそうか？」

「ハイ！　いえ！」

「どっちなんだ？　よく分からん男だな」

山の稜線は色濃く浮き出て、淡い水墨画のようだ。自然の中に残された光が、人造光に慣らされている二人の眼には優しく感じる。考えられる事は、清一は、昔の事をネタに大杉多喜子を脅迫した可能性がある。しかし、多喜子の落ち着き方には、そんな様子は微塵も感じさせない。清一は別の交友関係で殺されたのだろうか？　父親の恭二は誰の手にかかったのか？

大杉家の因果は五十年経った今も沸々と脈を打ち絡まっているような気がする。多喜子の過去には、まだ俺たちが知らない事があるはずだ。何となく嫌な予感がした。

その夜、池田町で一泊したあと、氷室たちは高松市花園町にある恭二が殺された現場に向かった。高松署には連絡は入れなかった。

「氷室さん、まずいですよ」

「いいのさ、通り魔事件で終わらせたいんだから。今の時点で蒸し返す事はない」

昼間の繁華街の裏道は妙にうらぶれている。人通りも少なく、夜への変貌もたいした事はないだろう。ホームセンターの三軒隣に、小さなバッティングコーナーがあった。夜遅くまで営業している可能性はある。地元の警察に見落としはないと思うが、念のため、川瀬に聞き込みを命じた。バッターボックスに立つ若い男は、空振りをするたび、ネット越しにからかわれている。川瀬が近づき話をしている様子がコーナーの窓越しに見えた。

一人が、現場の方向を指さすと、仲間が相槌を打つのが見える。川瀬が頭を下げ小走りで帰ってきた。

「何か分かったか?」

「あの夜、連中ここに来ていたようで、男が二人歩いていくのを見たらしいです」

「警察には話してないのか？」

「はい、面倒だったので届けなかったようです。それに関係があるのかどうか分からないから……と、思ったようです」

「二人の年齢は？」

「二人とも若くなかったと言っています。一人はコットンパンツにジャンバー姿だったようです。もう一人は背広姿だったので、おそらく、こちらは恭二だと思われます」

「若くないね～。気に入らないな。表現が邪魔だなー」

「邪魔？　表現が邪魔って……どういう事ですか？」

「お前にとって若くないって言い方はいったい、いくつ以上だ」

「うーん、五十歳前後からですね」

「自分が三十代だからだろう？　バッティングセンターにいた奴らは二十歳前後だろう？　あいつらから見ると川瀬だって若くないのさ。人間は自分のものさしで判断するからな。俺なんか年寄り扱いされる年代だよ。まーそれはよいとして、若くない二人って言えば、一人が恭二だとすると、もう一人は誰を想像する？」

川瀬の頭の中に、自然に浮かび出てくる一つの顔があった。

「そう、祐一だ。しかし、彼が恭二を殺すはずがない」

「なぜ？　言い切れるんですか」

「祐一は、父親の大杉セイに対する好意を知っていたと思うよ。親父の愛した人を手にかけ父親の死期も早めてしまった。苦しい五十年を繰り返したくはないさ」

「愛した人を手にかけた……ってどういう事ですか？」

「それをこれから確かめに行くのさ」

「えー、また徳島に戻るんですか」

祐一たちの父親は生きていれば百歳に近い年齢だ。この地域の老人たちは確かに長生きだが、大杉家の実態を記憶している人たちはそうはいないだろう。難航するのを覚悟で探す事にしたが、真実は意外に近くで息づいていた。遺言状を一時的に預かっていた山口弁護士が、まだ、矍鑠として地域のボランティアにも、時々顔を出すという。訪ねた氷室たちを歯のない笑顔が迎えてくれた。クシャクシャと縮んだ顔が可愛いと思う二人がいた。スースーと歯の間から息が漏れる話は聞き辛かったが、内容はしっかりしていた。

「セイさんは可愛い女性だったよ。初めは、本家の長男の方が見初《みそ》めたんだが、セイさんは、教育を受けさせてもらってなくて、字が読めなかったんだよ。家柄が違うから跡取り息子の嫁には出来ないと、両親に反対されて諦めたんだが、今度は、弟がどうしても自分の嫁に欲しいと言い張って結果的に分家に入ったんだ。兄も間もなく嫁を貰ったが、セイさんの事は忘れられなかったんだろうな。何となく周りは察知していたけど、セイさん本人は気づいてなかったと思う。弟が死んだあとも何くれとなく面倒は見ていたけど、あれは最後まで男と女にはならなかったな。本家の嫁が亡くなった時、くっついちまえばあんな事件は起こらなかったかもしれない。真面目に生きる事だけが人生ではないとつくづく思わされたよ。セイさんはきめ細やかな優しい人で、祐一も懐いていてずいぶん可愛がって貰っていた。セイさんの葬儀の時、部屋に閉じ籠ってずっと泣いていたらしい。母親より慕っていたからな」

「セイさんは初恋の人だったんでしょうね」

「ずいぶん昔の事だが、祐一の父親にとってはそうだったろうな」

これ以上、目新しい事は出ないだろうと礼を言おうとした時、

「そう言えば、正木武の名前を聞いた事はないか？」

「正木？　その人はどういう方ですか？」

「いや、大杉家に当時出入りしていた人で、祐一の父親の親友だったんだが、例の事件以降、姿を見なくなって気になったもんだから……。元気にしているかな……」

最後の言葉は独り言になっていた。

断ち切れない因果

「母親のように慕っていた大杉セイを手にかけたんだ、自虐自責の念にかられただろうな」

「金のためにですか？」

「そう、金のためにだ」

元弁護士の話の中に、初めて耳にする名前が出て来た。正木武……今回の事件に絡むのか？　ただの過去の人物なのか？　氷室にも分からない。宿に戻って、今までの情報をまとめる事にした。

「状況だけですが、五十年前の殺人犯は祐一ですよね？　この件は時効がとっくに成立しているから仕方ないけど、今起こっている二つの事件はいったい、誰が遣ったんでしょうかね。全然進みませんね？」

「そうでもないさ。恭二は真相を多喜子に伝えようとして殺された。清一はおそらく昔の事をネタに強迫しようとして殺された」

「強迫？　誰に対してですか？」

「大杉多喜子に対してだよ。彼女は今や著名人だ。昔の事を週刊誌にでも売るって言えば、金を出すと踏んだのさ」

「多喜子が殺したのですか？」

「いや、彼女がみずからやったとは思えない。何かあるはずだ」

「みずからやってないって、いったいどういう事なんです」

そのまま、氷室は黙り込んだ。頭の中で渦が巻いているのだろう。こんな時は触れてはいけない事を川瀬は学習していた。こうなった氷室は何を聞いても口を利かない。自分の殻に閉じこもる。それはそれで川瀬にとってはよい休憩時間だ。早目に部屋に戻り、互いに自分の時間を持った。

やはり、すべての起点は徳島にある。氷室の勘が囁く。元弁護士が最後に口にした人物がどうしても気になった。正木武……この男の正体が知りたい。明日もう一度、山口弁護士に会いに行こう。三泊四日の期限は明日で切れる。明日には東京に戻って報告しなければならない。朝から動いて最終に乗れたとしてもあまり時間はない。眠る時間も勿体なかった。翌朝、五時に川瀬を叩き起こし、山口弁護士を訪ねた。早朝の訪問を詫びると、この時間帯は自分にとってはいつも起きているから気にしなくていいとクシャクシャの顔をもっと縮めて笑ってくれた。

「正木君は、祐一の父親の利一の親友だった人で戦友でもあったんだよ。おそらく誰よりも利一の事を理解していたと思う。正木君はこの土地の出身だが、早くから東京に出て事業を始めていた。利一にとって自慢の友だったんだよ。利一も東京に行きたかったようだが、本家の跡継ぎという立場上無理だった」

「正木さんの実家は大丈夫だったんですか？」

「彼は戦争で天涯孤独の身になったんだよ。だから、二人は家族同然だった」

「利一さんが亡くなって、姿を見なくなったんですよね。どうしてでしょう？ 祐一さんの事は気にならなかったんでしょうか」

「そこじゃよ、不思議なのは。自分の子供のように可愛がったり、諭したりしていたんだが、利一が死んでからは一度も顔を見せなくなったんで不思議なんだけどな」

山口弁護士には分からないだろう。おそらく正木は祐一の取った行動を見抜いたのだと、氷室は推測した。自分の親友を殺したのが可愛がっていた祐一ではないかと思った時、正木は苦しい気持ちから逃げた。ある意味恭二と同じ心境だったのだろう。

早朝の無礼を詫びて山口家を辞した氷室たちは、その足で役場を訪ねた。正木はすでに他界しており、妻女《さいじょ》が子供と東京の世田谷で生活している。妻女も高齢だ。話が聞けるか不安だったが、東京在住は、今の氷室たちにとって助かる。取り敢えず東京に戻る事が出来る。

世田谷にある正木家は、二百坪以上あろうという土地に居を構えていた。

「凄いですねー」

あんぐりと口を開けた川瀬は感心したように言葉を吐いた。

「お前の実家だって、それなりだろう?」

「いや、私の家はこんなに荘厳じゃないですよ。造りが違います」

川瀬は、いいとこの坊ちゃんだが、正木家とは歴史が違うのだろう。俗にいうバブル成金だ。それでも、バブル崩壊後、潰れもしないで続いているのは立派なものだと氷室は思っている。まあ、苦労がない分だけ、この男には甘さが付きまとっているのが、時々、いじめたくなる原因にはなっている。

「さて、行くか。遅れると、課長の血圧が上がるからな」

「はい!」

事前に連絡を取っていたおかげで、息子も同席した。妻女は八十五歳になるという。少し認知症の気があり、俗にいうまだらボケの症状が出るが、昔の事はよく覚えていると息子は言い添えた。丸いジャガイモに目鼻をつけたような愛くるしい表情で氷室たちを見ている。今回の捜査は本当に半世紀、遡っていると思う。会うべき人がほとんど高齢者だが日本人の底力を感じる。

「突然の事で申し訳ありません。もうずいぶん昔の事ですが、ご主人の正木武さんから、大杉利一さんの話を聞かれた事がありますか？」

「もちろんです。主人の親友ですから。いい人じゃったな」

思い出すように、うんうんと頷く。

「どのような事を話しておられましたか？」

「いろんな事だな。私が、やきもち焼いた事もあったな」

「やきもち？　利一さんにですか？」

「いいや、セイさんにだよ」

「セイさん、大杉セイさんですか？」

「うんだ。あとから利一さんの初恋の人だったって分かったけんど。あんまり親身になって、世話するもんだから、誤解したのさ。あん人に笑われたけんどな」

罪のない顔で笑う老女は可愛かった。マスコミのおかげで地方の人たちも標準語をこなしているが、中にはこの老女のように屈託なく方言で話してくれる人もいる。

「多喜子さんをご存じですか？」

「あぁ、その人の事は私が聞いています」

息子が出番とばかりに話し出した。

「セイさんによく似た可愛い人でした。成長するほどに綺麗になっていって……親父は、利一さんとセイさんが亡くなったあとも多喜子さんのことを陰ながら見守っていたんです。多喜子さんが離婚したあと、力になれない事を悔やみながら他界してしまいました」

「多喜子さんは結婚なさっていたのですか？」

「ええ、ただ、気の弱い男で、結婚する時は頑張ったようですが、あとが続かなくて、結局親の言いなりでした。子供まで取り上げられて……でも親父は何も出来なかったと言っていました」

「子供がいたんですか？　この話は東京での出来事ですよね？　お子さんは今、どちらに？」

「それがよく分からないんです。海外に行ってしまって一家の消息は途絶えてしまいました。多喜子さんも分かってないと思います」

「今の多喜子さんが何をしているかご存じですか？」

「もちろん。まみやたきと言う名で評論家をやっていらっしゃいます」

初めて、大杉多喜子とまみやたきを結べる人がいた。一つの感動だった。

行方不明のままではあまりにも大杉多喜子が可哀想だ。たとえ、本人がどう言おうと、氷室は嬉しかった。正木家を出て署に戻る間、氷室も川瀬も寡黙だった。やがて、川瀬が口を開いた。

「ようやく繋がってきましたね。やった甲斐がありました。自分は何か嬉しいです」

「まだ、中盤だ。これからだぞ」

「そうですね。頑張ります！」

第六章

追いかけてきた過去

那須に訪ねて来て以来、刑事たちからは何の連絡もない。日々の仕事をこなしてはいるが、うっかりするとボーッとしている自分に気がつく。京子はあれ以来、ますます、多喜子から離れない。勇太も含め、那須はまるで一家団欒の場と化しそうだ。それはそれで楽しいのだが、年頃の二人だ、恋人の一人もいないのかと苦笑してしまう。京子と勇太の間には密な雰囲気の片鱗も見えないし、余計なお世話だと分かっているが何となく心配してしまうのは老婆心なのか。つい母親のような気持ちになってしまう。今日は夕方からの局撮りで東京の事務所にいる。今夜はホテル泊まりだ。生放送なので時間は正確だから二時間後にはホテルにいるだろう。あの氷室という刑事に会えないだろうか。進展している事があれば聞きたい。ふと子供の頃を思い出した。氷室刑事に初めて会って名乗られた時、頭の隅で信号を発した痛みの意味が映像になった。三縄の駅前で、投げられた石を素手で払ってくれた男の子の名前が確か氷室だった。ひょっとしてあの刑事は、あの時の男の子と関係があるのだろうか？

「先生？　大丈夫ですか？」

「あぁ、京子ちゃん。大丈夫よ」

「本当ですか？　最近、先生物思いにふけっているから。恋煩いかな？」

萩尾勇太が横から笑顔を向けてくる。

「そうかもね」

「えぇー、俺、嫌ですよ」

京子と二人顔を見合わせ吹き出してしまった。勇太は何も知らない。いずれ話す事になるだろうが、今は心配をかけたくなかった。デスクワークをこなしてくれている細田は、名前に反してふくよかな中年女性だが、いつも温かい雰囲気を醸し出してくれている。その細田が怪訝な顔をして、顔を出した。

「先生、警察の方からお電話が入っています……」

進展があったのかもしれない。多喜子は呼吸を整え受話器を取った。

「申し訳ございません。どうしてもお聞きしたい事がありまして……。先生のプライバシーに関する事なので、こちらまでご足労願いました」

「構いませんよ。事務所の近くに、こんなお洒落な喫茶店があったなんて知りませんでした。レトロな雰囲気で落ち着きますね」

珍しげに見回す多喜子の表情を見ていた氷室は、静かに口を開いた。

「正木武さんと言う方をご存じですか?」

振り向いた多喜子の瞳が怪訝そうに見詰めて来た。

「どうして……」

「調べていく内に情報が入ってきました」

「驚きました。ずいぶん昔の事なのに……。はい。存じ上げています。お会いしたのは二回くらいですが、祖母の知り合いだとおっしゃって、お悔やみに来てくださいました。とても優しい方でした。今はどうしていらっしゃるか……」

「残念な事に、お亡くなりになっていました」

「そうですか。ご存命なら、もう一度お会いしたかったです。ご家族は？」

「奥様がご健在で、息子さんと暮らしていらっしゃいます。正木さん一家は貴女の事を知っていらっしゃいます。今、まみやたきとしてご活躍されている事も含めて」

驚きの表情が顔面で張り付いたように留まってしまっている。

「どうしてでしょう？　どうして今の私と繋がっているのでしょう？　誰も知らないと思っていたのに……」

「亡くなった正木さんは、ずっと貴女を見守っていたようです。正木さんは大杉利一さんの親友でした。利一さんを覚えていらっしゃいますよね？」

「本家の方です。祖母の義理の兄に当たります。先日お話しした祖母が亡くなった時、病床に伏せていた方です」

「そうです。その利一さんが、生涯愛したのがセイさんでした。正木さんは利一さんの想いを、貴女を見守る事でその意思を受け継いでいたのです。その事を亡くなる時に、息子さんに伝えました。彼もまた貴女の事をずっと気にかけていたのです」

多喜子は黙ってしまった。自分の知らないところで深い愛が動いていた事に戸惑っているようだった。やがて大きく息を吸い込むと、

「あの、その事が、祖母からの一連の事に繋がってくるのですか?」

「分かりません。が、セイさんの事にはまとわりついています。利一さんが、愛したセイさんに遺産を半分渡そうと思った事が、セイさんの命を縮める結果になったと思っています。おそらく恭二さんはその事に気づいて、一つの行動を起こそうとして殺された。そう推測しています」

「じゃ……祖母を殺したのは、祐一さんなのですか? 祐一さんしかいませんよね?」

「そうだと思います。でも、五十年の時間は、時効になる充分な時間です。残念ですが逮捕は出来ません」

多喜子の指先が細かく震え、次第に瘧《おこり》が起きたように身体に移っていく。氷室は席を立ち隣に座ると、多喜子の身体をそっと抱き締めた。川瀬はその行動の中に氷室の優しさを感じていた。警察の内部情報は伝えてはいけない事だが、なぜか氷室の行動

を責める気にはならなかった。

「祐一さんはおそらくこの五十年苦しんで来たでしょう。今の、祐一さんは決して幸せそうには見えませんでした。謝罪したくても彼の周りには誰もいません。自分一人で抱えていくしかないのです。根っからの悪人でなければ、人間にとってこんな辛い事はないでしょう。たとえ、自己満足と言われても、謝罪出来る相手がいる事は救われる事なのだと私は思います」

多喜子の瞳の中に薄く幕が張っている。親父の将太の想いだけでなく、自分がなぜこの人の事が気にかかるのか……、多喜子の瞳の奥に母を見ているのだと氷室は気がついた。

＊

淡い光を受けた海の表面には、小さな波頭が立っている。

子供だった頃に一度だけ見に来たこの景色の記憶が消えず、ここまで来てしまった。幼い目には月の蒼さが強く感じる夜だった。何のためにここに来ていたのか、小さな祖母の身体が相似形のように寄り添っていた。頬を打つ風は冷たく、凍てつく空気が身体にまとわりついていた過去が甦ってくる。多喜子が十歳の時だった。あの夜、祖母は何を思っていたのだろう。

大きな溜め息が出る。頬に冷たく小さな破片を感じて、虚ろな目を漂わすと、いつの間にか空は雲に覆われ雨が小さな雫を落とし始めていた。長い間立ち尽くしていた身体は芯まで冷え切っている。風は容赦なく暖かさを奪っていくようだ。

『私にはまだ遣らなければならない事がある』

踏み締める砂の小さな音が、自分の奥にある悲鳴と共に軋む。祐一の話のあと氷室はもう一つの忘れられない過去に触れて来た。結婚、離婚、そして奪われた子供の事。切ない思いが込み上げてくる。祐一と同じだ。自分にも謝罪したくても相手はいない。どこにいるのかも分からない。生きているのだろうか。生きていて欲しい。

思うままに休暇を取り、高知の浜まで来てしまった。京子は、ついていくと言って聞かなかったが、一泊だけだからと説得するのに時間がかかった。これから徳島に行こう。祐一に会いに行こう。出来るなら彼の心に終止符を打ってあげたい。私にとっても終わりにしなければ、持っているにはあまりに重過ぎる。

目に映る四十二年振りの故郷は、大きく変わっていた。三縄の駅自体が面影もなく、閑散としていた駅前も賑わいを見せていた。それでも吉野川沿いを山のほうに入っていくと昔の景色が目の前に広がってきた。大杉の本家も変わっていない。多喜子は開けっ放しの門構えの前に立ち、庭の木立を見ていた。視線が自然と下がる。あそこに祖母は倒れていた。あの時の光景が見える。

「誰だ！」

突然、怒気を含んだ声がした。多喜子はゆっくり振り向いた。

農具を持った男が睨みつけるように立っている。多喜子は祐一だと思われる男を黙って見ていた。男の再び動きかけた口元が閉じていく。やがて吊り上がっていた目が驚きで丸くなっていく。ゴクリと喉がなる。

「多喜子……。多喜子か？」

「お久し振りです」

「……」

「お屋敷に上がらせて貰っていいですか？」

「あっ、ああ……」

母屋の玄関に農具を置き、強張った背を見せながら歩く祐一は、昔より二回りほど小さくなった気がした。母屋の造りは変わっていない。ひんやりとした空気の中に懐かしい匂いがした。

「変わっていませんね。利一おじいさんのお部屋も、昔のままですか？　入らせていただいて宜しいですか？」

首を縦に振る祐一を横目に、多喜子は覚えのある廊下を進み、部屋の障子を開けた。調度品は何もない。敷かれた布団の上に身を横たえる利一の姿が脳裏に甦る。カビの胞子が混ざったような匂いのする畳の上に多喜子は正座をした。

「あっ……今、茶を持ってくる」

「いえ、お気遣いなく。祐一さん、こちらに座ってください」

まるで怖いものにでも触れるように座る祐一を、多喜子は哀しい想いで見ていた。誰にでも人に触れられたくない事はある。祐一はどうなのだろう。氷室は、五十年苦しんで来たと言う。本当に祐一は苦しんで来たのだろうか？　ただ、黙って座っている多喜子の沈黙に耐え切れなくなったのか、突然、畳にひれ伏した。

「許してくれ！　勘弁してくれ！　あの時、儂《わし》はどうかしてたんだ！　親父が儂を相続人から外したと知った時、逆上してしまって、セイさんが預かった遺言状をどうしても取り返さなければと、頭の中がいっぱいになって、セイさんを手にかけてしまった。ばれるのが怖くて親父まで……儂が悪かった。許してくれ！」

泣きながら頭を畳に擦りつける祐一を見ていて、氷室の言った事は間違っていなかったと改めて思った。

「今日、私が伺った訳がお分かりのようですが、どうしてですか？」

「いつか……きっと、いつかこの日が来る……。毎日、そう思って暮らしてきた。儂には時効はなかった……」

「私に祐一さんを責める資格はないのかもしれません。でも、祖母も、利一おじいさんも、きっと、無念だったと思います。時効は過ぎているので刑事上の責任は問われません。あとは祐一さんの生き様だと思います。どうぞ後悔をしない生き方をしてください」

多喜子はそれ以上、話す事が何もなかった。祐一の心の吐露は、別な形をして多喜子の中で自分も出して欲しいと訴えてくる。玄関先を出ると一人の若者が帰ってくるのとすれ違った。小さく驚いた声が聞こえたが、多喜子は振り返らなかった。その日の内に大阪まで戻り、翌朝の新幹線で東京に向かった。短い時間だったが、一つの事を終わらせた充実感はあった。事務所に入ると待ちかねたように京子が飛びついてきた。

「あらあら、京子ちゃん、子供みたい。心配かけてごめんね」

うんうんと頷きながら、薄っすらと目が潤んでいる。京子は兄弟姉妹もなく、早くに両親を亡くしている。他人の自分をこんなに心配してくれる京子に心から感謝した。勇太はいなかった。この旅で、一、二度、勇太に似た姿を見たような気がしたが、おそらく他人のそら似だろう。女三人で昼食を摂っていると萩尾勇太が戻ってきた。手には自分用の昼食を持っている。

「先生、お帰りなさい。旅はどうでしたか?」

「ただいま。いい旅だったわよ。たまには一人旅もいいかも」

「今は駄目です！」

京子の反応のあまりの速さに、多喜子は思わず笑い出した。

「あっ！　ごめんなさい。だって、心配ですもの」

「京子さん、俺の事『先生大好き甘えん坊さん』なんて言えないね」

「本当ね」

細田さんも同調する。京子は言い返せずモクモクと食べ始めた。

今回の旅の事を京子に話さなければならない。勇太にも一連の事を伝えておくほうがいいだろう。細田には理由を話すのは抵抗がある。彼女は家庭もあるし、余計な事を伝えて心配をかけるのは良策とは思えない。細田が帰ってから二人に一連の出来事と今回の旅の目的を伝えた。当然、勇太の理解度は遅いだろうと思ったが、次第に無口になってくる様子に多少の違和感を持った。特に祖母の殺人事件には大きな驚きを伴ったようだが、今現在起こっている二つの事件に至っては、頭を抱え、

「先生にそんな想いをさせる奴は許せない……」

絞り出すように勇太は呻いた。やはり、勇太は今回の旅に影のように存在していたのでは……、多喜子には小さな疑問が残った。

届いた過去

氷室は、セイを殺害したのは祐一だと多喜子に伝えた事を後悔はしていなかった。多喜子がどう行動を起こすか。理性の人だと信じていた。恭二と清一の事件に関しては多喜子を守るために起きた事だと思っているが、若い川瀬には理解出来ないらしい。

「仮に犯人が同一人物だとして、一人の女性を守るために人を二人も殺しますか？　何のために？　大杉多喜子の周りにはそんな人物は浮かんでいませんよ」

「確かに、そうだな。それらしき人間はいない。だが、必ずいるはずだ」

川瀬が呆れ顔で自分を見てくるのが分かったが、勘を信じていた。もう一度、正木家を訪ねてみよう。多喜子の子供の事が気になっていた。消息を知る事が多喜子のためにもなる。自分の子供の事が気にならない親はいないはずだ。

「川瀬、正木家に行ってくる。課長に報告しといてくれ」

「えっ、自分は置いてきぼりですか？　そりゃーないですよ」

「いつもお前、渋々なのに珍しいな」

「当たり前ですよ。これからが正念場なんですから。課長に言ってきますから、絶対置いてかないでくださいよ」

　言い捨てると、駆け出していく。ふと、松本清張の小説「駆ける男」を思い出した。あのヤツガシラに似た芋でも食べたのか？　戻ってくる姿にも勢いがあった。

　正木家の息子、勉は幸いな事に在宅していた。再三の訪問に戸惑っているようだ。

「たびたび、申し訳ありません。今日お二人に思い出していただきたいのは、多喜子さんの婚家の事なのです。どんな情報でも結構ですので覚えている事を教えてくださ い」

「覚えている事と言っても……」

「出身はどちらのほうでしたか？」

多喜子本人に聞けば早いのだが、今の段階では触れるのは避けたい氷室がいた。

「出は……東京だと思うけんど」

「何をなさっていた方か覚えていらっしゃいますか？」

二人は探るようにお互いを見た。口を開いたのは母親のほうだった。

「確か、父親は外交官で息子は商社勤めじゃったな。父親が病気で亡くなってしもうてから、財産を処分して母親と息子は子供を連れて移住したらしいけんどな」

「お名前は覚えていらっしゃいますか？」

記憶が戻って来たのか、引き取るように息子が話し出した。

「結婚相手は村瀬……確か洋介です。ヨーロッパ方面に母親と子供を連れて移住したようです。多喜子さんも追い切れなくなっていました。多喜子さんの子供の名前は分かりません。多喜子さんも生まれてすぐに奪われてしまったので、子供の名前も分からないと思います。私共もいろいろあって、丁度、その頃、父が倒れてしまい、一時期どうする事も出来なかったんです」

勉は申し訳なさそうに、首を垂れてしまった。

「いえいえ、そんな。正木さんに責任はないのですから。その洋介さんの父親の名前は分かりますか？」

暫く、二人とも考え込んでいたが、先に口火を切ったのは母親のほうだった。

「なあ、勉、お父さんが一度、言っていた事があったよね。さすが、国の仕事をする人は名前もいい名がついてるよなって」

「そうだよ。お前もいい名前がついてんだから勉強頑張れよって言われたよ」

それからまた、二人の沈黙があったが、突然、勉が声を上げた。

「村瀬賢一！　だったと、思います。賢いに一番の一です」

親子の記憶はたいしたものだ。

「ありがとうございます。これで、前に進めます」

「すいません。親父の想いにも応え切れなくて情けないです。でもそのあとも、多喜子さんの事は見守ってきたつもりです」

芯からいい人だと伝わってくる。氷室は自然に頭が下がった。

氷室と川瀬は国立国会図書館に足を運んだ。古い紳士録を貸し出してもらい『村瀬賢一』の名を探した。見つけたのは川瀬だった。長男の経歴まで略式だが載っている。川瀬は小躍りして喜んでいる。氷室は少し老眼に入りかけた目頭を押さえながら、洋介の当時の勤め先を書き留めていた。

洋介が勤めていた商社は、オーストリアに本社を置く外資系企業だった。電話ですまそうとしたが、個人情報は教えられないと突っぱねられた。面倒臭い世の中になってしまった。

「何が個人情報保護法だ。漏れまくりのくせによく言うよ。なあ、川瀬！」

いつものクールさはどこへ行ったのか。だがこういう氷室も人間臭くって川瀬は好意が持てた。

訪ねた人事部では思いがけない情報が待っていた。村瀬洋介は亡くなっていた。母親共々、交通事故に遭ったらしい。この時点で子供の行方は分からなかった。

「また、振り出しに戻りましたね」

隣で、川瀬が肩を落とす様子が見えた。

「当時、村瀬洋介さんと親しかった方はいらっしゃいますか？」

「私はその当時、入社していなかったので……。うーん、古くからいる人と言えば、定年ぎりぎりか、役員ですね。人事経験があり在籍している人は……」

古い資料をめくりながら考え込んでいた。やはり、無理かと思いかけた時、

「そうだ、永田常務がいる。あの人なら知っているかもしれない。いらっしゃるかどうか聞いてきます」

二人で見合わせた目には期待感があった。十分ほどのち、一人の恰幅のよい男を伴って帰ってきた。改めて、挨拶をかわすと、永田はすぐに本題に入った
「村瀬君の事でいらしたそうですね。彼は私の先輩でした。仕事の出来る人で、オーストリアの本社に呼ばれた時は、さすがだと思いました。私もオーストリアによく行っていたので、彼の葬儀にも立ち会いました。息子の圭一郎君は、当時、オーストリアに住んでいた子供のいない日本人夫婦に養子として貰われたようですが、私もそのあとの事はよく分かりません」

結局、完全には追う事は出来なかったが、その日本人夫婦の苗字は分かった。それだけでも、大きな収穫だった。氷室たちはその足で、多喜子の事務所を訪ねたが、あ

いにく不在で那須にいるという。

「明日、行ってみるか」

「那須までですか？　許可出ますかね？」

今までの出張でも、二人にとっては核心に近づいているると思っているが、上はそう思ってはいない。まだ二つの事件の片鱗さえ充分に伝えていないのだ。すべてを報告するには材料不足だった。状況証拠だけでは説得出来ない。

結局、無断行動で那須には昼過ぎに着いた。多喜子は氷室たちの訪問を心待ちにしていたようだ。以前ほど戸惑いがない。

「また、伺いました。お休みのところを申し訳ありません」

「いいえ、ご苦労様です」

「あれから先生の周りで変わった事はありませんか？」

多喜子の顔が微かに動いた。何と話していいのか迷っているようだ。

「特別な事は起こってないのですが、私が起こしてしまいました」

祐一を訪ねた事、本人の口から罪の懺悔を受けた事を淡々と話した。

「すみません。勝手な事をしてしまって。でも、私はもう終わらせたかったのです。祖母の魂を成仏させてあげたかった。何も言わないでいる事は出来ませんでした」

「分かります。彼のためにも終わらせてあげたかったのですよね。謝罪出来る人がいるのですから」

多喜子の瞳が見据えてくる。貴方は私の心が見えるのですかと、問いかけてくる。

今、追いかけている彼女の息子はどこにいるのか……。会って抱き締めて、謝罪したいと思う母がいる事を氷室は伝えたいと思った。京子がお茶をテーブルに置きそっと寄り添うように多喜子の手を包む。本当の親子のようだ。静寂を破るように玄関の扉が開いた。

「ただいま。先生！　栃木牛を手に入れましたよ。今日は赤ワインでバーベキューにしましょう」

元気のいい声が居間まで聞こえてくる。大股に歩く足音と共に三十代と思われる男が顔を出した。

「あっ！　すいません。お客様でしたか？」

「そうなの。初めてだったわね。こちら刑事の氷室さんと川瀬さん。私のマネージャーの萩尾です」

萩尾の名前に二人は目を合わせたが、すぐに何もなかったようににこやかに挨拶を交わした。

「萩尾さん、おいくつなんですか？　自分と同じくらいですか？　自分三十二歳です」

川瀬が親しげに話しかけると、

「近いですね。僕は三十三歳です。一歳違いなんだ。でも、さすが、落ち着いて見えますね。貫禄がある。おまけにイケメンだし」

「いやー、萩尾さんもイケメンですよ」

二人の会話は微妙に可笑しかった。最初に吹き出したのは京子だ。

「二人ともなんか変ですよ。勇太さん、お肉を早く冷蔵庫に入れないと、駄目よ」

「あっ、忘れてた」

慌ててキッチンに向かう勇太を京子の笑みが見送る。多喜子の表情にも優しさが見えた。勇太は、二人の女性の愛に包まれているようだ。

食事をしていかないかと誘われたが、公務員の辛いところだ。後ろ髪を引かれながら那須をあとにした。

「吃驚《びっくり》しましたね。『萩尾』って聞いた時は。でも、名前が違いますね」

「そうだな。苗字が一緒でも名が違う。圭一郎を養子にした『萩尾夫妻』の所在もハッキリしない。どういう人たちだったのだろうか？」

「自分、調べてみます」

＊

東北新幹線が東京駅に滑り込んだ時、氷室は明日、四国に行こうと決めた。上からの許可は出ないだろうから、自腹を切って行くしかないだろう。有給はあり余っている。その事を伝えると、川瀬は行きたそうだったが、自分には自分の仕事がある事に気づいて諦めたようだ。

翌朝、始発の新幹線は企業戦士で溢れていたが、何とか自由席を確保する事が出来た。高松市に着いてから徳島三縄まで足を向けた。この地に何かを忘れている気がする。もう一度、関係者と会う必要性を感じていた。あまり余裕はない。前回は時間に限りがあり、恭二と友人が飲んでいた店も訪ねていない。朝はやはり大杉の本家を訪ねるのが得策だろう。今日は土曜日だ。祐介も在宅していた。幸先のよさにニンマリしながら、二人に挨拶をすると、迷惑そうな顔をした祐介が反応した。

「まだ、用事があるんですか？　夜討ち朝駆けは止めましょうよ」

洒落た返事が帰ってきた。祐一は多喜子に謝る事が出来たためか、以前より顔つきが穏やかになっている。

「いや、申し訳ないですね。お聞きしたい事がありましてね。祐介さん、恭二さんとお会いになった時、恭二さんと親しげな人はいませんでしたか？」

「叔父さんと、ですか……。親しいかどうか分からないけど、叔父さんが店を出た時、追いかけるように出ていった人がいたな」

「その人の事を教えてください」

「教えてくれって言われても、よく見ていた訳じゃないから……。同じ年代の男の人で、厳《いか》つい顔をしてたな」

「鬼瓦みたいな？」

「そう、そんな感じ！」

「遠藤のとこの春男だろう。昔からつるんでいたからな」

祐一がボソッと答えた。

「付き合いは続いていたのですか？　どんな人ですか？」

「続いていたかどうかは知らんが。あまり、評判はよくないな。仕事先が続かない根性なしだ。楽して金持ちになりたいタイプだ。馬鹿な男さ」

祐一は、気が付いたように、決まり悪そうな顔をして口を噤んだ。昔の自分を思い出したのだろう。今は汗水たらして働いているが、過去の闇は死ぬまで消えないのだろう。道を誤った者の本音が伝わってくる。

もう、昼近くだ。鬼瓦の遠藤春男は起きているだろう。訪問した氷室をこれ以上の迷惑はないという顔で家に招き入れてくれた。室内はひんやりと冷たく、やもめ暮らしの様子が見て取れた。

「遠藤さんは、ご結婚していないのですか？」

「こんな男のところに嫁に来る奴なんかいないよ。付き合った女は何人かいたけどな」

「お仕事は何を？」

「決まった仕事はないよ。その時々でいろんな事を頼まれるから時給で受けているけどな。たいした金にはなんないけど、裏に畑もあるし、一人だから食っていけてるさ」

「恭二さんとは、仲がよかったそうですね？」

「学生時代な。あいつが大学に行った辺りから疎遠になったたな。俺は学がないからつまんなかっただろうよ」

「でも、たまには会っていたんですよね。あの日みたいに」

「あの日みたいに？……。あぁ……。でも、あれは本当に久し振りで、それまで五年くらい会っていなかったな。急に電話が来て、吃驚《びっくり》したんだから」

「何のために貴方に連絡が来たと思っていますか？」

「何のため？　懐かしかったんじゃないのか」

「どうして懐かしく思ったんでしょうね？」

「あんた、何が言いたいんだ！　そんな事、分かんねえよ！」

遠藤の顔に赤味が走っている。

「話の内容を教えてください。飲んだ時、大杉多喜子の事が出る前に何を話していましたか？」

「……本家の事かな。兄貴の事を聞いていたな。特に恭二が中本に入ってから交流がなかったみたいだから」

「そのあと、恭二さんと、いつ会いましたか？」

「それからは会っていないよ。殺されたって聞いて吃驚したんだから」

「一度も会っていないんですか？」

「あぁ、そうだよ」

遠藤の指先が細かく震えている。この男は嘘をついている。氷室の勘が囁く。『鎌をかけてみよう』。

「恭二さんが殺された日に、あなたと恭二さんがバッティングセンターの裏を歩いているのを見た人がいるんですがね」

遠藤の眼がカッと開かれ、身体がカクカクと揺れ出した。

「だ、誰がそんな事を言ったんだ。俺は知らない！　俺じゃない」

「でも、一緒にいたんですよね？　あの夜？」

観念したように大きく息を吐き、ぼそぼそと話し出した。

「あぁ、いたよ。あいつを説得してたんだ。折角、金になるのに妙に正義感振りやがって。多喜子に償いたいなんて、今更、何を言ってんのか。訳分かんない事言いやがって、一発ぶん殴ってやったのさ。そしたら、あっけなく伸びて転がっていた石に頭ぶつけちゃったんだよ。でも生きてたぞ。唸っていたんだから」

「それは、どの辺でしたか？」

「ちょうど、この辺りかな？」

そう言いながら後頭部の右耳上辺りを指した。

「俺、捕まるのか？」

「その前にも、スナックで祐介さんと話していた恭二さんのあとをつけましたね？」

「あの時は、恭二のやっている事がよく分からなくて……」

「調べていたんですか？」

「そうだよ」

「何か新しい事は出てきましたか？」

「新しいと言うより俺にとっては不思議な事があったな」

「不思議な事？　何ですか？」

「恭二にとって多喜子はどういう存在なんだろうと思ってね。あいつの言う言葉の中にセイさんの事だけではなく、もっと大きな謝罪の気持ちを感じたんだよな」

「もっと大きな謝罪？　何ですか？」

親指の爪を噛みながら考え込んでしまった遠藤を見て、また、一つの核が結合して大きくなるのを感じていた。

「これは俺の勘だけど、多喜子は恭二の兄、祐一の子供じゃないのかな？」

想像もしていない言葉だった。日々の生活に疲れているはずの春男の濁った眼に強い光が宿っていた。

「父親の利一さんがセイさんの事を大切に思っている事は、周知の事実だったんだ。でも何かが出来るような人ではないから……。セイさんの三男の嫁、多喜子の母親は派手で余り節操はないタイプだったらしく、本家にも呼ばれもしないのによく行っていたらしい。こんな田舎だから想像逞しく話す奴もいて、当時、結構噂になっていたのは事実なんだ。一度、恭二が事に遭遇した事があったらしくて、悩んでいた事があった。嫁のほうが誘惑していたみたいだ。あの頃、恭二の家庭はバラバラで祐一さんも不安定だったからな」

「多喜子さんが大杉本家の血筋かもしれないという事を、多喜子さんは知っているのですか？」

「とんでもない。知らないと思うよ。恭二の様子から俺がそう思っただけなんだから」

「でも、確率は高いのでしょう？」

「恭二は、そう思っていたと思うよ。それからもずっと多喜子の事を気にかけていたから」

「貴方はどうなんですか?」

「……俺もそうだと思う。それにその事を恭二の奥さんは知らないから、ずいぶん、多喜子に焼きもちを焼いていたな。恭二は生真面目な頑固者だったから、奥さんの昌子さんは誤解をしていたと思う」

もうスナックに行く必要はなくなった。氷室は高松市に向かった。

久々の高松北署で、山根刑事に中本恭二の現場写真と鑑識報告書を見せて貰った。思った通り、恭二の後頭部のど真ん中に死亡の原因となった脳挫傷に繋がる大きな陥没がある。比べて右耳上の傷は小さなものだ。

やはり、別の人間の手が加わっている。新しい情報は増えるものの、真相は遠ざかって行く気がする。氷室は自分が多喜子を追っているのか、殺人犯を追っているのか自問自答してみるが結論はいつも同じだった。多喜子の過去の中に真実は埋もれているはずだ。

紡いだ想い

「先生、この間の京子さんの講演、結構、評判いいですよ」

「そうみたいね。よかったわ。本人は落ち込んでいたけどね。勇太君、誉めてあげてね」

　ここ一年ほど、多喜子は、簡単なものから京子に挑戦させるようにしている。後継者と言う訳ではないが、京子が希望するのであれば出来るだけ力になりたいと思っていた。忙しい日々が過ぎて行く中で京子の成長は目を見張るものがあり、将来が楽しみだった。那須までの道中、京子は会話も少なくハンドル操作に集中している。敢えて話しかける事は避け見守っているつもりだが、時々、こんな表情をする。一年くらい前からだから、独り立ちしていく事への不安だろうと、感じていた。

「わたし、本当はスポットライトを浴びるのは苦手なんです。先生のいい補佐になれればそれでいいと思っていました。でも最近、みなさんの前でお話し出来る事が楽しくなってきました。自分には何のバックボーンもないのに、神様は意地悪ですね」

突然、思い出したように口を開いた。

「そうかしら?」

「そうですよ」

「神様は、可愛い子には旅をさせるのよ」

「可愛い子?　私が……ですか?」

「神様にとって貴女は可愛い子なのよ。苦労をいっぱいして経験を積んで人様の役に立つ人間になりなさい……って事なのよ」

「無理ですよ。自分の事だけで精いっぱいなんですから」

「今はね。でも年を重ねると分かるわよ」

一瞬、振り向いた顔は、不思議そうに多喜子を見る。フロントガラスに戻した横顔には、理解しようとする表情が見えた。

「そう言えば先生、あれから氷室さん来ませんね。事件はどうなったのかしら?　連絡はありましたか?」

「何もないのよ。どうなっているのかしら」

「あの方、陰があって、ケビン・コスナーみたいですよね」

「あら、珍しい、京子ちゃんから殿方の話が出るなんて」

「からかわないでください、先生。私だって男性の話くらいしますよ」

顔を赤らめながら運転する京子が可愛いと思った。

過ぎて行く車窓は夏の訪れを教えてくれる。木々は少しずつ緑の芽をつけている。もう直ぐ青みのある世界が広がるだろう。近くのスーパーで買い物をすませ、まだ落葉が残る山道に入って行った。遠くに広がる町並みよりかなりの標高差があるため、山荘のあるこの辺りの気温はこの時期五、六度は低くなる。公道から入る私道の先に山荘が見えて来た。

「あら！　誰かいますよ。えっ！　氷室さんだ」

京子の声に誘われて、家の周りを見ると、奥まった小川の近くに、氷室が佇んでいた。

「氷室さ～ん。どうしたんですか？」

「突然申し訳ないです。ちょっと、来てみたくなって」

「私たちが来る事、知っていたんですか？」

「はい！　事務所に問い合わせをしましたから」

「よかった。下手すると、留守かもしれませんからね」

「その時はその時です」

「呑気な事言って、この辺は静か過ぎて、一人じゃ結構怖いですよ。あー、でも氷室さんなら大丈夫か。相手が逃げちゃうものね」

「酷いなー、人を熊みたいに言わないでください」

多喜子は笑い合う二人を見ていて、『若さとは、何て柔軟なのだろう。まだ数えるくらいしか会っていないのに。羨ましい限りだ……』と思う。にこやかな氷室の目が多喜子に挨拶を送ってくる。

「こんなところで立ち話も申し訳ないから。京子ちゃんご案内して」

「ハーイ」

心なしか嬉しそうに見えるのは、私の考え過ぎかな？　それにしても、後ろ姿に弾みを感じる。

リビングに腰を据えた氷室に話しかけた。

「今日はお一人なんですか？」

「川瀬は別件で動いてます」

「何か御用があるのでしょ？　お話しください」

「さすが先生ですね。実は、迷いながらここまで来てしまいました」

「恭二さんの事ですね？　新しい事がありましたか？」

もう一度、高松に行って来た事、遠藤春男から聞いた話で謎が深まり、自分の中に気になる人物が思い浮かび、証拠も何もないけど勘が囁く事をポツポツと話す。

「まみや先生は、恭二さんの奥さんをご存じですか？」

「いいえ、知りません。お会いした事もありません」

「そうですか」

「まさか、奥様が……」

「その日、彼女にはアリバイがありません。夫婦二人の生活だったから証明をしてくれる人はいません。息子さんを続いて亡くした時、一時的にショックが強く入院していましたが、今は自宅に戻っています。本来なら気の毒な状態なのですが、自分はなぜか違和感が拭えません」

「どうしてそう思われるのですか？」

「遠藤の話を聞いて、会いに行きました。お悔やみのつもりで行ったのですが、一度も目を合わせなかったんです。思いがけず殺人を起こした人間にありがちな挙動不審です」

「……」

「会った事もない、まみや先生への誤解も気になっています。男には考えられないのですが、女性の感覚はそうなのですか？」

「さあ？　私には分からない気持ちですが……」

「私は何となく理解出来ます」

それまで黙って話を聞いていた京子がボソリと口にした。

「だって、自分の愛する人の心の中に一人の女性がずっと生きているなんてこんなに寂しくて悲しい事はないもの。たとえそれが誤解であっても、恭二さんが溶かしてあげない限り、憎しみは相手の女性と恭二さんに向けられてしまう。それが何年も続けば、もう終わりにしたいと望む気持ちは分からなくはないな」

「……」

「……」

多喜子も氷室も返す言葉が見つからなかった。

突然の訪問を詫び、肩を落として去っていく氷室の姿は、これから恭二の妻、昌子を訊問しなければならない痛みを感じさせていた。

「京子ちゃん？　私はどうすればよいのかしら？」

「何もしなくていいんですよ。先生は何も知らなかったんですから。知らなかった出来事には責任の取りようがありません」

多喜子を、励まそうとわざとドライに話す京子の気持ちに優しさを感じたが複雑だった。

一度、東京に戻った氷室は公的に動くため、上司に今までの報告をした。単独で動いた事にここぞとばかり説教は食らったが、毎度の事だとどこかで諦めたようだ。結局は、事件が解決すればよいという上部の考え方がすべてに先行される。もっとも、高松北署とは喧嘩は出来ない。

『まあ、俺にとっては非常に都合がいい』

川瀬からはまだ何の報告もない。情報を持って帰らないとどやされるとでも思っているのだろう。意地っ張りなところは自分によく似ていると思う。その内に連絡が入るだろう。まずは一人で昌子を訪ねてみる事にした。初めて昌子に会った時、出来れば二度目は会いたくないと思った事が思い出される。二度どころか三度も会わなければならなくなるとは思いもしなかった。やはりそれは無理な事だったのだ。一人の人間の罪をあばきに行くたびに、その人が普通の善良な人であっても犯さざるを得なかった犯罪もある事を、思い知らされる。負うべき罪は極悪人も同じだが、気持ちの底に泡立つものを感じる。

暮れていく瀬戸内の海は穏やかに凪いでいた。美しいと思う。心が癒されるのが救いだった。

宿泊は前回と同じグリーンホテルを取った。那須からの一連の動きで何となく疲れた一日だった。一度、事件を整理する必要がある。昌子に会う前にまとめておかないと自分の中で物事が進まない気がした。多喜子は六十歳、恭二は六十四歳、同じような年代だ。祐一は恭二より十二歳年上だとして、当時、祐一は中学生だ。丁度、男と女の事に興味を持つ年頃だ。多喜子の母親から見れば赤子の首をひねるようなものだろう。祐一は二十歳で結婚したらしいが、おそらく多喜子の母親が多喜子を連れて大阪に行くまで断続的に続いていたような気がする。罪な事だ。今となってはどうにも出来ないが、セイの命だけではなく、おそらく父親の利一の命まで縮めたのだろう。その男が本当の父親だと知ったら、多喜子は死を選ぶような気がする。絶対に真実を伝えてはいけないと思った。祐一も、多喜子が自分の娘だとは気づいていないだろう。多喜子の母親がそこまで悪《わる》ではなかった事を信じたい。恭二が生きていたら白日の下に曝された真実を、彼は死をもって闇に葬ってくれた。

突然、部屋の固定電話が鳴った。怪訝な面持ちで受話器を手にすると、フロント係から外線が入っていると伝えてきた。

「お待たせしました！　お待ちかねの川瀬です。只今、戻りました」

妙に張り切った声が聞こえてきた。

「別に待っていないけどな。よくここだって分かったな」

「氷室さんの行動パターンくらいは掴んでいます。緑色好きですもんね」

「俺は深い緑が好きなだけだ」

「またまた、屁理屈言って」

何だ？　こいつ、妙に親しげだな。何か掴んだな。

「何でもいいから、何の用だ。いい情報でも持って来たのか？」

「バッチリデス！　萩尾勇太の過去が見えてきました。明日、始発でそちらに行きます。氷室さんに会って話したいので」

「分かった。朝一番に中本恭二の自宅を訪ねるから、昼飯でも食いながら聞くよ。お前はゆっくり出てこい」

「はい！　分かりました。早く話したいけど……楽しみにしていてください」

本当は喉から手が出るほど聞きたかったが、じっくり腰を据えて聞きたい気持ちのほうが勝っていた。

　ふと、初めて会った時の、恭二の妻、昌子の姿が瞼に浮かんだ。夕闇の中、強い風が吹けば倒されそうな佇まいに、薄幸な影を見た。心が痛む。回転式の窓を少し開け、息を吸い込んだ。

　ビールを取りに歩きかけた氷室を追うように、内ポケットで携帯が震える。訝しく思いながら取り出すと、覚えのない番号が並んでいる。キーを押して無言のまま耳に当てた。

「……」

「もしもし……。氷室警部ですか？　角宮です。もしもし？」

「脅かすなよ。携帯の番号どうして分かった？」

「すいません。坂本検視官から聞きました。捜査一課に知り合いがいないもので」

「なるほどな。で、どうしたんだ？」

「実は、気になった事があって……。事件の前、清一の周りをうろついていた若い男がいたという情報があったので。殺害された日にも、目撃されていました。清一は邪険にしていたみたいですが」

「どんな奴だ」

「それが、接触していたのは清一のみで、周りの人間はほとんど知らないみたいです。歳は目撃した人によって分かれていますが、三十前後くらいだそうです、それなりにいい感じの男のようです」

「身長は？」

「百八十センチ近くあったようです。髪はレイヤーの入った直毛。長さは顎くらいで少し茶色味がかっていたようです」

「そうか。ご苦労さん。一課にくるのを待っているぞ。頑張れよ」

「ありがとうございます。頑張ります」

携帯を切って、角宮の顔を思い浮かべた。思わず笑みがこぼれる。俺にもあんな時代があったなと、しみじみ思った。

翌日、中本家を訪ねた氷室は、相変わらず目を合わせない昌子の顔を見ていた。以前より一層やつれた様子は罪の深さに戦《おのの》いているように見える。

「貴女は、大杉多喜子さんをご存じですか?」

ピクッと頬が引きつれる。

「はい」

掠れた声で返事をするが、それがどうしたと居直る様子も見て取れる。

「奥さん、もう終わりにしませんか。ご主人を成仏させてあげましょうよ」

弾かれたように氷室を見てから、仏壇におかれた恭二の写真に目を移す。静かな空気が流れた。柱にかかった時計の音だけが静寂を刻む。やがて、力の戻った瞳で氷室を見詰めた。

「主人は、あの女を愛していたんです。私と結婚するずっと前から……一緒になってからも、多喜子の名前は時々、聞きました。私がいくら聞いても何も話してくれませんでした。許せなかった。心の中にいつもあの女がいる。私がどんなに尽くしても主人の心から取り除く事は出来なかった。あの時もそうでした。夜出かけていく主人のあとを付けました。遠藤に突き倒されて呻いているあの人を助けようと思い、差し伸べた手を握った時、『多喜子』……って言ったんです。突然、憎しみが心の中から湧き起こり、身体を包み込みました。気がついた時には主人の頭は赤く染まっていました。自分の手に握られた石はどうやっても手から外れませんでした。今は庭の『はなみずき』の根本に置いてあります。主人の好きな木です」

膝に置かれた手は強く握り締められ節々が白くなっている。目には薄っすらと膜がかかり、徐々に厚みを増して零れ落ちた。氷室は自分の推測を伝えたかった。

『多喜子さんは恭二さんにとって実の姪だったんですよ』

この一言でどれだけこの人は救われ、どれだけの後悔に苛まれるのだろう。俺にその事を伝える権利はない。

「警察に出頭して人生をやり直してください。これからの人生を生きて欲しいんです。あなたの気持ち一つです」

外気は、初めて来た時と同じ匂いがした。季節は移ってきているが都会にはない地方独特の香りなのだろ。那須でも同じだった事を思い出す。

第七章

巡り合えた過去

川瀬が、ホテルのロビーで痺れを切らしたように待っていた。約束の時間までまだゆとりがあったが、結局、始発に乗ったのだろう。氷室の姿を認めると駆け寄ってくる。

「おはようございます」

「おぅ、お疲れさん」

落ち着いて聞くには、ホテルの中にあるレストランがいい。

「氷室さん、大丈夫ですか？　ここ高そうですすよ。経費出ますかね？」

「心配するな。よい情報持って帰ってきたんだろう？　俺の奢りだ」

「ひぇー、怖いな」

話し出した内容には驚く事が多かった。何度も、永田常務を訪ねた川瀬の想いが、彼の記憶に火を点けた。オーストリアで村瀬洋介と懇意にしていた人物が、定年退職をして隠居生活をしている事を思い出してくれた。石井という人物は、奥多摩の地に居を移し、妻と共に余生を送っていた。村瀬洋介の事を尋ねると、訝かる目つきが柔和な目差しになったという。

「自分たちは団塊の世代と言われて、大変でもあったけど、遣り甲斐のある時代を生きて来たと思う。オーストリアには五年ほど滞在していました。その間、洋介君には世話になったよ。亡くなった時は辛かったな。圭一郎君もまだ小さくて事の次第は分かってなかったと思うけどそれがまた、参列者の涙を誘い、そんな圭一郎君を哀れに思ったのか引き取りたいと萩尾夫妻が名乗りを上げました。母親とは連絡がつく状態ではなかったので、ある意味、天涯孤独になっていたあの子にとってはよい話だと思ったけど……」

「何かあったんですか？」

「子宝に恵まれないと思っていた萩尾夫妻に子供が出来たんです。それも男の子がね。皮肉ですよね。でも、夫妻は分け隔てなく育てたらしい」

養子になった時、圭一郎は七歳くらいだったようだ。三年ほど経ってから萩尾の妻は男の子を出産し、夫婦はオーストリアで生涯を終えたらしい。今、兄弟はお骨を埋葬するため、日本に帰ってきているはずだと言う。写真を持っているかと聞く川瀬に、葬儀の時の写真が渡されたとテーブルに置いた。子供の時の圭一郎が写っている。

「似ていませんか？　萩尾勇太に」

確かに面影がある。だがなぜ？　名前まで変えて何も言わず多喜子の傍にいるのか。その必要性は何のためだ？

「弟は龍二と言う名前でT大の大学院生です。二人とも学業は優秀です。圭一郎の戸籍名は変わっていません。勇太は偽名です」

「まあまて、それは同一人物と証明出来てからだ」

氷室は黙々と食べ始めた。頭の中で推理を立ててみるが、勇太の多喜子に対する感情が分からない。一度だけ会った印象では理解し辛い。ようやく自分に与えられた事件に繋がり、中本清一の事だけに集中出来るが、やはり、多喜子の過去からは外れられない。もう一度、萩尾勇太に会うべきだ。食事を終えた二人は東京に戻り、多喜子の事務所に連絡を取った。

西から移動をしてくると、東京は少し肌寒く感じる時季だが、今年は寒暖の差が激しく今日は穏やかな日に当たった。電話に出た中年の女性の声が、勇太は弁当を買って公園で食べてくると言い残し出ていったと言う。川瀬はホッとした。多喜子や京子の耳を気にしながら勇太に問い質すのは何となく気が引けていた。

勇太は会社の近くにある小さな公園のベンチに座っていた。弁当の箸を止め、穏やかな陽ざしに全身を包まれ、空を見上げて目を細めている様子は思案気だ。川瀬が隣にいる氷室を見ると顎で行けと指示された。

「俺が……ですか？」

「そうだ」

裕介の時と同じ目が見詰めている。あの時、自分の不甲斐なさと同時に一歩の前進を感じた。氷室警部がまた経験を積めと指示している。自分なりのやり方でやるしかない。勇太に向かって歩を進めた。後ろから静かについてくる氷室の足音が背を押してくれる。川瀬にとっても、勇太の気持ちが分からない。なぜ偽名を使って大杉多喜子の傍にいるのか？

まずその答えを聞き出さなければ始まらない。優しく吹いた風に意識を戻されたのか、勇太の顔が二人を捉えたようだ。口元が緩んだが見る目に笑みはない。

「こんにちは。いい天気ですね」

「ええ」

「今日みたいな日はいつもこちらでお昼を食べていらっしゃるのですか？　萩尾……圭一郎さん」

一瞬、勇太の目が大きく見開かれたが直ぐに表情が戻った。策を練るより単刀直入に聞いたほうがいいと判断したのだが、結果は吉と出るか凶と出るか川瀬には分からない。

「僕の事をお調べになったのですか？」

「はい」

「なぜ？」

「大杉先生の周りの方は全員調べています。警察の仕事です」

「どうして先生の周りの事を調べているのですか？」

「それは捜査上の事でお話し出来ません。なぜ偽名を使っているのですか？」

勇太の表情が照れくさそうな笑顔を放った。

「今の仕事に就く前に、作家になりたくて……。ペンネームを使っていました。先生にもきちんと話してあります」

「えっ、大杉先生もご存じなんですか？」

「勿論！　詐称になりますからね。先生はご自分も使っているから寛大ですよ。将来、作家になった時、違和感がないようにと初めから勇太と呼んでくれています。周りの人もみんなそうですがね。ただし、本名を知っているのは先生だけですが」

川瀬は頭の中が停止状態になってしまった。意気込みが強かっただけに挫折も早かった。

「履歴書を見た時の大杉先生の反応はどうでしたか？」

氷室の低音がかった声が聞こえた。

「反応って……別に何もないですよ」

「嘘ですね。あなたは感じたはずだ。だから傍にいる。母親を守ろうとしている。大杉先生はあなたのお母様ですね」

反論しようとした口元を閉じ、顔を背けた。

「まあいいでしょう。また、近い内に……」

背を向けて歩き出した氷室を川瀬は追いかけた。振り向くと、勇太が背を丸めてベンチに座っている。

「すいません」

「あれでいいんだ。萩尾は自分の出生より大切な事を隠している」

川瀬にはサッパリ分からない。

「おまえ、俺たちの本分を忘れていないか？　まあ絡みが多かったから仕方ないけどな」

そうだった。中本清一の殺人事件が与えられた仕事だ。動いている内に大杉多喜子の過去の出来事に夢中になってしまっていた。

「川瀬、もう一度、清一の周りを洗うぞ。渋谷駅近辺でたむろしているチンピラが対象だ」

取り締まりが厳しくなったとは言え、薄暗くなり始めるとどこからともなく変わった風体の男女が集まってくる。年代は様々だ。今、歳は関係ない。一昔前の若者の街というイメージはなくなってきている。センター街の入り口で所在なげに立っている数人のグループに声をかけた。

「中本清一？　うーん……」

「政さんのところの奴じゃないか？」

「そうだ。この間殺された奴だ」

「その政さんって言うのは？」

「多賀組の人でこの辺りを仕切っている人です」

口々に言い合い頷いている。個が強いのか、弱いのかよく分からない奴らだ。

「案内してくれないか」

自分たちの後ろにいた氷室に突然声をかけられ、初めて挟まれていた事に気づいたようだ。警察を甘く見てはいけない事を勉強しただろう。川瀬は少し気分がよかった。

案内に選んだ二人と共にセンター街の奥まったところにある古い建物の前に立った。

「三階です」

「ありがとう。帰っていいよ」

一礼をして逃げるように走っていく二人を見て、

「よっぽど怖いんですかね」

「見てみろ、看板も出ていない。大手を振れる立場じゃないみたいだな」

「入るんですか?」

「その必要もないみたいだな」

建物の中からそれらしき男たちが出てきた。年の頃は二十代に見える。恐らく清一と近い立場だろう。二人とも破れたジーンズに派手なシャツを着ている。ファッションスタイルに名前はついているのだろうが、氷室にとっては知った事ではない。ただ品のなさだけが目につく。まだ川瀬のほうが理解しているだろう。川瀬のケツを軽く膝で蹴った。よろけて氷室を見た目が、また俺ですかと不満そうに見てくる。

「ちょっといいですか」

一瞬、棘のある目が川瀬を捉えたが、手にしている警察手帳を確認した途端、相好が崩れた。この世界で生きている者は一般人と態度が違う。極端に強がるか、卑屈になるか状況に応じて変わる。

「だんな～。何でしょうか？」

揉み手をせんばかりに腰が低いが心の中では甘く見ているのだろう。赤いシャツの男の目が氷室をちらっと見る。もう一人の黄色いシャツは黙って立っている。

「中本清一の事で聞きたい事がある。彼の事を教えて貰いたい」

「中本～。知らないな～」

突然、拳が顔面に飛んだ。仰向けに倒れた男の襟首を掴んで、路地に連れていく。氷室の素早さを唖然と見ていた男の手を川瀬が捻り上げた。二人揃って路面に座らせ、川瀬は同じ質問を繰り返した。

「いいカモを見つけたって言っていました」

「カモ？　誰の事だ」

「いくら聞いても、ニヤニヤするだけで……。自分たちは聞いていません」

「知っていそうな奴はいないか」

言い辛いのか二人で目を合わせるだけだ。

「いないのか！」

氷室の怒声で観念したのかボソボソと話す。

「聞こえないんだよ！」

「緑川さんが知っていると思います」

「呼んで来い」

「えっ！」

「呼んで来るんだよ。表に客が来ているって言えばいい。早く行け！」

慌てて走る後ろ姿に川瀬が聞いてくる。

「あんな顔で大丈夫ですかね」

「大丈夫さ。転んだってくらいの言い訳はするさ」

二分も経たない内にコットンパンツにジャケットを羽織った姿の三十代の男が現われた。

「緑川ですが、どちらさんで？」

川瀬が手帳を見せてもあまり動じない。話が通じる印象だ。

「中本清一さんが亡くなる直前に、何か聞いていますか？　いいネタを摑んでいたって聞いたんですけど」

「あぁ……あの人の事ね」

「あの人？　誰の事ですか？」

「大杉多喜子だよ。何か親戚だって言ってたな。まあ本当か嘘か分かんないけど、昔の事で脅せば金になるって意気込んでたよ。俺は反対したけどね」

「どうしてですか？」

「身内だぜ。後味悪いだろう。それに、俺は何となくお袋みたいで好きなんだよな」

「この事、誰かに話しましたか？」

「いいや、一度警察が聞いてきたけど話さなかった」

「どうしてですか?」

「刑事の態度が悪かったからね。俺たちをゴミ屑みたいに見てたからさ」

確かにこの事件で動いているのは氷室たちだけではない。三十人くらいの警察官が動いている。帳場も開かれ、夜には聞き込み情報が交換される。中本清一は麻薬に絡んでいた。特別司法警察職員である麻薬取締官たちとの合同捜査となっていた。氷室の単独行動は毎度の事らしく、初めて下についた時は周りとの関係に冷や汗ものだったが、意外にみんなの態度は悪くなかった。検挙率のせいか、氷室の人柄のせいか分からなかったが、月日を追うごとに氷室の如才なさが分かってきた。決して自分だけの成果にはしない。必ず所轄を立て手柄は譲る。その譲り方に嫌味がない。仲間本人よりもその家族に思いやりを示す。情報を掌握しているのだろう。川瀬も母親の誕生日に、『おまえ! 今日は邪魔だ。とっとと帰れ』と追い出された事がある。腹が立ったが、帰る道、その日が母の誕生日だと気がついた。小さな花束を差し出した時、母の目が潤んでいた。まさかと思ったが、同じような事が二度続いた時に確信を持った。どうして、そういう情報を知っているのか未だに分からないが、氷室には聞けなかった。これがこの人のやり方だと理解した。緑川も雰囲気の違いを感じたのだろう。一礼をして帰っていく後ろ姿に好感が持てた。

「やっぱり、繋がりましたね」

「もう一度会いに行こう。今度は三人一緒だ」

「三人って……京子さんも、ですか？」

「そうだ」

次の日、那須に向かった。昨夜の帳場で氷室はゴリ押しをした。

「理由は何だ？」

と、聞かれても『俺の勘です』と答える氷室を呆れるように見て、上は渋々許可を出した。事件全体が停滞しているせいだ。地取り班も、鑑取り班も、初動捜査を間違えたのだろう。必ずしも麻薬に絡む殺人とは限らない。

間違えた道

東北道はスムーズだった。周りの木々は青味を出し、平地より気温が下がる那須岳の裾野は空気が美味しい。

東京で生まれ育った川瀬には、ここにいたいという大杉多喜子の気持ちが理解出来た。那須インターを出て別荘に向かった。多喜子はここが自宅だと言うが、川瀬から見るとどうしても別荘に思われるのは否めない。今日は三人とも休日だと言う。連絡を取ると、『面倒でなければ、那須まで来ませんか？』と誘いを受けた。相手にとっては、あまりよい訪問とは言えない結果になるかもしれないが、氷室は気にしてないように見える。敷地に入ると、京子が迎えに出てきた。長靴を履いてゴム手袋をしている。裏の畑の手入れをしていたのか、ジャージ姿のラフな格好だ。

「いらっしゃい。お疲れさまです。高速道路は混んでいませんでしたか？」

「大丈夫でした。スイスイ来ましたよ。京子さん、周りに溶け込んでいますね」

「えー、そうですか。何だか嬉しい。さあどうぞ、先生もお待ちかねですよ」

部屋の中は大きな窓から燦々と陽が射し込んでいる。太目のログで組み込まれた家は、ほどよい温もりと、外から時々吹く穏やかな風で、変わらず満たされていた。コーヒの香りが漂っている。

「お久し振りです。お変わりありませんか？」

「大丈夫ですよ。氷室さんも、川瀬さんも、お元気そうでよかったわ」

隣で、京子のクスクス笑う声が聞こえる。

「どうしたの？　京子ちゃん？」

「だって、みなさん、ずいぶん長い間会ってなかったみたいに話すんですもの」

「そうね。ちょこちょこお会いしているのにね」

京子たちの醸し出す空気の中に、身体から発するバリアをまとい、勇太が珈琲カップをテーブルの上に置いた。

「萩尾さんも座っていただけますか？」

テーブルを挟んで六人は優に座れるソファーセットだが、勇太はスツールに腰をかけた。そんな彼を、多喜子は怪訝そうに見たが何も言わない。

「今日、伺ったのは、中本清一さんの事件の事です」

氷室が三人を見回してゆっくりと口火を切った。

「犯人が見つかったのですか?」

京子が問いかけてくる。

「いえ、まだハッキリとは確定していません」

「恭二さんが奥様に殺害されたと新聞に載っていましたが、なぜ奥様が……話してはいただけないのでしょうか?」

多喜子の瞳が訴えてくる。思わず川瀬は氷室を見た。真相を話すのか、それとも話さないのか……。真実を知れば多喜子が苦しむであろう事は目に見えている。彼女の思いが喉元で苦しそうに喘いでいるようだ。しばらく続いた沈黙の刻《とき》を氷室が破った。

「お話しするつもりはありませんでした。でも先生には知る権利があります。それがどんなに辛い事でも」

覚悟はある程度出来ているのであろう。多喜子は静かに目を閉じ、深く息を吸った。

「お話しください。何を伺っても受け止めます」

氷室は軽く頷くと、恭二の妻がなぜ夫を殺してしまったのか。そこには大きな誤解があった事、恭二と多喜子は叔父と姪の関係である可能性が強い事、証拠はないが多喜子は祐一の娘である可能性が強く、祐一自身も知らないと思われる事、恭二を通して自分の父親が五十年前のセイを殺害した犯人ではないかと悩んだ裕介が清一に話した事、清一がその事で多喜子を脅迫する計画を立てていた事、を掻い摘んで話した。多喜子の驚きは尋常ではないだろう。顔の血の気は引き、唇はかすかに震えている。

氷室は敢えて声をかけず、京子と勇太を見詰めた。

「萩尾さん、あなたは中本清一からのアプローチを受けましたね」

ハッとしたように多喜子と京子が勇太の顔を見るのと、川瀬が氷室を見るのとが同時だった。

「その時の事を話してください」

勇太は沈黙している。京子が引き取るように話し出した。

「ひょっとして、勇太さん、あの電話だったの？」

「何かご存じですか？」

京子は勇太を見て、言いよどんだ。

「京子さん、いずれ分かって来る事です」

「多分、あの時が初めてだと思います。三月の頭くらいでした。私が電話に出たのですが、丁度、携帯が鳴り始めて、勇太さんに代わって貰いました。初めは普通に会話をしていたのですが、途中から聞いているだけで、番号をメモっていたようでしたが、切ってしまいました。『どうしたの?』って聞いたのですが、『ファンらしいけど、ちょっと頭がおかしい奴だったから切ったよ』とだけ言って部屋を出ていきました。勇太さん！　あの電話だったんでしょ?」

勇太はただ黙って俯いている。まるでネジの切れた人形のようだ。京子が腕を揺するが揺れに身をゆだねているだけだ。多喜子は母の言葉を思い出していた。『あんたは将来、金持ちになるよ。もう少し大きくなったら教えてあげるからね』。だが、母はその話に触れないまま亡くなった。自分の若気の至りを悔いたのか、義理の父の手前か、今となっては分からない。でも、多喜子にはどうでもよかった。祐一はあまりにも遠い存在だった。今更、この歳で騒ぎたくない。でも、悪意は勇太に降りかかっていたのか……。

「先生。あなたはどこまで萩尾さんの事をご存じですか？」

「やめろ！　やめてくれ」

勇太が突然放った怒声に、多喜子と京子は不安な目で勇太を見詰めた。

「萩尾さん。あなたはこのままでいいのですか？　思いを伝えたくはないのですか？」

氷室を睨みつける勇太の目に陰りが入ったのを川瀬は見た。

「大杉先生、萩尾さんはあなたの息子さんですよ。あなたが探し求めていた息子さんです」

多喜子の目が大きく見開かれ、身体が前後に揺れ始めた。京子が慌てて支える。

「萩尾さん、私たちが調べてきた事をお話しします。間違っていたら教えてください」

氷室が私情を挟まず淡々と話す事実を、勇太は頭を垂れたまま聞いている。ただ一つ分からないのは正体を隠してまで何故多喜子の傍にいるのか……。

「何故？　先生に伝えなかったのですか？」

諦めたような溜め息が勇太の口から洩れた。

「お話しされた事に間違いありません。さすが日本の警察は凄いですね。……」

勇太は丸めていた背を伸ばすと、誰ともなく話し出した。

「母に対して初めは憎しみと恋しさが半々でした。仕方のない事とは言え、ずっと迎えに来てくれると信じて待っていました。萩尾の両親はよくしてくれました。弟とも分け隔てなく可愛がってくれました。でもそうされるたびに、僕は苦しかった。思春期のせいもあったと思います。顔も知らない母に憧れました。萩尾の父が亡くなった時、遺品を整理していたら僕当ての手紙が出てきました。亡くなった父から預かっていたようです。短い手紙と写真が一枚だけ入っていました。萩尾の父も渡す事に抵抗があったのだろうと思います。セピア色の古い写真でしたが、首にあるホクロは印象的でした。手紙には自分の弱さを謝罪する父の言葉が書かれていました。嬉しかったです。せめて顔だけでも見たい。萩尾の両親の納骨に日本に帰ってきた時、捜そうと思いました。でもどこをどう探してよいのか分からずに諦めかけた時、テレビの中にいる母を見つけたんです。歳は取っていましたが、間違いなく母でした。ネットで調べると、スタッフの募集をしている最中でした。一人しか採らないのに応募者は多かったです。ダメもとでも受けようと思いました。運よく受かった時は神に感謝したくらいです。傍で母をずっと見ていました。時が経つにつれ母への思いが湧いてきました。何度、本当の事を伝えようと思ったか……。出来ませんでした。怖かったんです。もし母に拒絶されたらと思うと怖くて、黙っていよう、何も言わず傍で見守ろう、と決めました」

勇太は多喜子の目を見詰めた。多喜子は両手で口元を覆い、溢れる涙にむせていた。衝撃が強く一言も言葉を発せない。勇太は軽く顎を引き氷室に向き直った。

「そんな時、中本が現われました。電話がかかってきたあと、こちらから連絡を入れました。あの男は母の過去の事で、『スキャンダルになるぞ。さぞかし週刊誌が面白おかしく書くだろうな。それが嫌だったら金をよこせよ』と言ってきました。母は何も悪い事はしていない。置かれた環境で精いっぱい生きてきただけだと説得しましたが、通じませんでした。一度だけお金を渡しました。これで終わるとは思いませんでしたが、考える時間が欲しかったんです。二度目の時は突き放しました。それからあと、何も言ってこない中本が不気味でした。ひょっとして、ターゲットが京子さんに行ったのではと思いましたが、京子さんには何の変化も見えませんでした。それから間もなく、中本が死んだ事を新聞で知りました。ホッとしました。誰がやったのか分かりません」

多喜子が滑り落ちるようにラグマットの上に腰を落とした。

「ごめんなさい……。ごめんなさい……」

額をマットに擦り付けながら多喜子の背が小刻みに震えている。勇太が膝を着き、多喜子の両手をそっと包んだ。

「一生懸命探したの。でも見つからなくて……。いつも、小さな手が私を求めていたけど、どうしようもなかったの。あなたが……。あなたが私の息子だなんて、こんな幸せな事が……。生きていてよかった。ありがとう……。本当にありがとう」

京子の手が優しく背を擦っている。多喜子にとって辛い話の連続となったが、一つだけ勇太の話に氷室も川瀬も救われた。

「大杉先生、よかったですね。……。でもまだ終わっていません。過酷なようですが話を続けさせてください」

　川瀬は、刑事という因果な商売を今日ほど憎んだ事はなかった。氷室のシビアだが穏やかに響く低音が、現実を呼び戻した。

「勇太さん、最初、あなたは京子さんが犯人ではないかと、疑った。そして、京子さん、あなたは勇太さんを疑った。今日、京子さんが私たちに話したのは、勇太さんが間違いを起こすはずがないと信じたからですね？」

　京子が微かに頷く。

「どうして、そう思ったのですか？」

　京子は目をそらし、口を堅く閉じている。

「勇太さん。あなたはどうして京子さんじゃないと思ったのですか？」

　勇太からも何の答えも出てこなかった。多喜子だけが、湧き起こっている感情を殺しながら、何が起こっているのか理解しかねるように、氷室に問いかけた。

「あの……どういう事なのですか？」

　川瀬を促し、氷室は席を立った。

「また、お会いすると思いますが、今日は失礼いたします」

氷室と慌ててそのあとを追いかける川瀬を、三人とも見送りに来なかった。いったい何なのか、川瀬にも分からない。

「氷室さん。待ってくださいよ。何なんですか？　分かるように話してくださいよ」

砂利のアプローチを踏み締めながら車のドアを開けた氷室は、疲れたようにシートに身を沈めた。

「氷室さん！」

「きっと、今から話し合いがされるだろうな。川瀬！　俺たちは間違った道を走っていたんだよ」

「間違った道って何ですか？」

「見落としていたんだよ。影のように寄り添っていたのに、一度も表に出てこなかった存在がいた事を」

ギアを入れると、氷室は静かに車を動かした。

真実を求めて

開け放った窓から、ひんやりとした風が吹き込んできた。木立のさやさやと揺れる音が部屋に流れ込んでくる。黙っている事に耐え切れなくなった多喜子が小さな声で呟いた。

「すべて私のせいなの。ごめんなさい勇太……京子ちゃん……」

「違う。違うよ、母さん。母さんのせいじゃない。無理だったんだよ。誰にも抗《あらが》う事は出来なかったんだ。これからは俺が守る。ずっと、傍にいるから」

多喜子は喜びと共にいたたまれない思いを感じていた。抱き締めてくる勇太の背に回された多喜子の手を、そっと摩る京子がいた。

「先生。先生は何も悪くない。先生の生き方、考え方がすべてを証明しています。私は先生が大好きです」

頬笑んでくる京子を見ながら、『過去は決して取り戻せない。でも許されるなら、このまま生きて行きたい』と、切に望む多喜子がいた。恭二と岡山のホテルで会った時、言いかけた言葉は今日、氷室によって答えを与えられた。母の言葉と共に思い返せば、自分はおそらく祐一の血を継いでいるのだろう。でもそんな事はどうでもよかった。ただ、その事がもとになり、恭二の命が失われた事のほうが辛かった。償えない重さをまた、感じていた。

京子がそっと問いかけた。

「勇太さん？　犯人に心当たりがあるんじゃない？　私、最初は氷室さんの言うように、あなたかもしれないって思ったけど、違う気がしたの。確かにあなたは先生を見詰めている時が多かったけど、先生への愛情が形を歪《ゆが》めて人を殺めるとは思えなかった。でも苦しんでいる事は伝わってきていたわ。お願い。私たちだけにでも話してちょうだい」

それでも口にする事を恐れるように、勇太は首を横に振った。

『俺だって、信じたくない。あいつが犯人だなんて……』

清一の脅迫の事を知っているのは自分と京子、それと俺が話したあいつしか知らないはずだ。何で話してしまったんだろう。いくら、動揺していたとは言え軽率だった。

あの日、朝、電話がかかってきて、大久保にあるアパートで飲み明かそうと約束をしていた。次の日が二人とも休日だった。清一から脅迫を受けた夜だった。久々に会って楽しい酒になるはずだったのに……。俺の様子に違和感を持ったのか、

「どうした兄貴、何かあったのか？　元気がなさそうだな」

龍二の屈託のない笑顔を見た時、母の事を含め、清一の事まですべてを話していた。

「大杉多喜子さんの事は、薄々気づいていたよ」

「どうして？」

「だって、兄貴、幸せそうだったもの。日本を離れようとしないし、就職まで決めてしまって。何かあるんだと思ったよ。何となく心配だったもの」

「それで、お前もオーストリアに帰らなかったのか？」

「日本で勉強したい事もあったしね」

昔から、龍二は圭一郎の後をくっついて歩く弟だった。血の繋がりはなかったが、そんなものは関係なかった。お互いにとって誰よりも信じられる存在だった。龍二を

生んだ萩尾の母と父はもういない。圭一郎は龍二に寂しい思いはさせたくなかったから母の話をするのを控えていたが、やはり龍二は気がついていた。

「ごめんな。話さなくて」

「俺に、気遣っていたんだろう？　兄貴らしいよな。でもよかったな、逢えて。大杉さんも知っているんだろう？」

「いいや、伝えていない」

「何で？」

龍二が信じられない眼で、自分を見ている。

「怖いんだよ。もし受け入れられなかったら、俺の心が壊れてしまいそうで……」

「どうしてそう思うんだよ？」

「祖母にずっと言われ続けていたんだ。母は、俺を要らないって言ったって」

「それを信じているの？　お祖母さんは大杉さんの事は気に入らない嫁だったんだろう？　悪く言って当たり前だろう？　兄貴！　しっかりしろよ！　人の口車に乗って、真実を見落としたら駄目だって、兄貴、いつも俺に言っていたじゃないか」

龍二の言う通りだ。頭では分かっているが、心がついていかなかった。時を同じくして、中本清一が現われた。俺は対処の方法が見つかっていなかった。龍二は黙って聞いていたが、やがていろいろな事を聞き始めた。俺が知っている事はあまり多くない。清一が口にした百万円、用意が出来たら連絡をしろと携帯電話の番号が書かれた紙を押し付けられ『渋谷ではちょっとした顔なんだぞ』という脅し文句が耳に残っているくらいだ。番号がなぐり書かれた紙をじっと見ていた龍二は、二つに裂いてゴミ箱に投げ入れた。

「そんな奴、ほっとけよ。今に罰が当たるさ。次に何か言ってきたら考えればいいよ。それよりちゃんとお母さんに伝えなきゃ」

龍二の言っている事を聞きながら、自分はきっと誰かの力を借りなければ母に伝える事は出来ないだろうと思っていた。その夜、俺は酔い潰れた。清一からの二度目の連絡はないまま、時間が経ち、事件の事がニュースで流れた。安心するのと同時に、タイミングのよさに疑惑が生まれた。龍二に連絡を取ったが、忙しいのかなかなか会えなかった。ようやく会えた時、龍二に詰め寄ったが、

「何を言っているんだよ。兄貴、俺はその男の顔も知らないんだよ。どうやって殺すんだよ」

確かにそうだ。龍二は、清一と会っていない。俺の話を聞いただけだ。だが会う可能性はある。龍二はゴミ箱に捨てた携帯番号を写し取ったのではないか。そう思った瞬間、身体に震えが走った。それが事実なら、あの刑事たちは必ず追い詰めてくる。

この日、三人はそれぞれの心に得体のしれない影を抱えた。

「氷室さん、いったいどうしたんです？」

東北道に入ってからも氷室は黙ったままだ。こんな時は触れないほうがいい事を学んでいたが、今日、那須に来たのは親子関係を暴露するためだけではないはずだ。言うだけ言って立ち上がった氷室には急に見えたものがあったのだろう。

「川瀬、お前、覚えているか？　捜査会議の時、プリペイド携帯の話が出たよな」

「ええ、清一が最後に受けた電話です、その前にも二、三回受けていますが、海外で加入して国際ローミング契約していたので、持ち主は分からずじまいです」

那須から二時間弱で浦和ジャンクションについた時だった。

「圭一郎の事を調べた時、弟が一緒に帰ってきたって言ってたよな」

氷室を高松まで訪ね報告をした時の話だ。

「はい。確かT大の大学院生です」

「調べろ」

「弟を、ですか?」

「そうだ」

第八章

緑彩《りょくさい》の中で

《そろそろ日本を離れなければ》、日本は好きだが、やはり生まれ育ったオーストリアは身体に合っている気がする。兄貴は大杉さんに息子である事を伝えられたと言う。心配事はない。一つの事さえ除けば……。

兄貴は俺を疑っている。でもこの事は誰にも話さないだろう。兄貴を苦しめる奴は許せない。小さな頃から、兄貴が大好きだった。血が繋がっていない事を知ったのはずいぶん大きくなってからだが、何も変わらなかった。いつでも包み込んでくれる優しさがあった。中本の事を聞いた時、兄貴の役に立ちたかった。初めて中本に会った時、話し合えば分かってくれるだろうと思ったが、甘かった。中本はめちゃくちゃな男だった。『金を持って来い！』の一点張りで、ただのチンピラだった。二回目に会った時は、『殺すぞ！』と凄まれた。そしてあの日だ。身を守るためだったのだろう。気がついたら、新聞に包丁を包んでいた。あんな奴は、少し脅せば大丈夫だろうと思っていたが、意外にも強い抵抗にあった。

揉み合う内に中本の身体が崩れ落ちた。手は包丁に吸い付いたように離れない。そのために失血死を招いてしまった。警察が直ぐ訪ねてくると思ったが、新聞は主に麻薬絡みの記事ばかりだ。やがて小さくなり載らなくなった。俺は捜査が迷路に入り込んだ事を感じた。それなのに、最近、不穏な空気が漂っている。大学院の友人が、俺の事を聞き回っている奴がいるよと教えてくれた。住んでいるところは大学の寮だが、行き帰りの道で時々気配を感じていた。

川瀬の情報で少しずつ弟の事が分かってきた。萩尾龍二、二十三歳、大学院生、修士称号取得、日本の歴史を研究、寮生、独身、一人の男の姿が見えてきた。

大学の構内を歩くのが氷室は好きだった。ゆったりした間隔で植えられた常緑樹の下にベンチが置かれている。淡い思い出が頭を掠《かす》める。あの女の子はどうしているのだろう。思いが過去に流れる氷室の眼が、走ってくる川瀬を捉えた。

「氷室さん、龍二は研究室にいます。どうしますか？」

「少し様子を見よう」

「そうですね。よほどの事がない限り五時には大学を出るようです。あと一時間くらいですね」

川瀬はベンチに座ると大きく伸びをした。

「気持ちいいですね。これからの時期は緑が多くなりますね」

多喜子たちにとってもいい季節になればいいと思うが、これからの龍二との事を考えると、表情の陰る多喜子の顔が浮かんでくる。

一時間はあっと言う間に過ぎていった。やがて、龍二と思われる背の高い男が建物から出てくると、周りを見回している。目鼻立ちの整った顔をしているが、若い溌剌とした雰囲気は感じられない。当然のごとく圭一郎との類似点はない。圭一郎はどちらかというと優しい顔立ちをしている。

「萩尾龍二さんですね。警視庁の氷室です」

「川瀬です。伺いたい事があります」

一瞬、龍二の顔が歪《ゆが》んだ。

「僕の部屋に行きませんか。ここではゆっくり話せない」

研究室から十分ほど歩いた先に学生寮があった。

「大丈夫なんですか？　外部の人間が入っても？」

「問題ありません。ルームメイトも、今日はいません」

八畳ほどの部屋にベッドと机が二組ずつ置かれている。スッキリ片付き清潔感がある。昔の大学の寮とは大違いだ。

「規律は厳しいのですか？」

「そうですね。整理整頓はうるさく言われています」

二人に椅子を勧めると、龍二はベッドに腰をかけた。観念している様子が見える。

「話していただけますね」

何をどのように話せばいいのか迷っているのだろう。右手が所在なく顔を摩り、しきりと瞼の上を揉んでいる。氷室は待とうと思っていた。一般人が、思いがけず殺人を起こした時は責め立ててはならない。自分というものを見失ってしまう。精神的に壊れるか、黙秘をして一言も喋らなくなる。言葉がうまく組み立てられない。思っている事を伝えられない。ジレンマに陥ってしまう。年齢が若いと特にそうだと経験していた。ようやく、口を開きかけた時、ドアがノックされた。龍二の目が問いかけてくる。川瀬が頷きドアに向かった。開けた先に圭一郎の姿があった。

「兄貴！　何で?!」

龍二の問いかけにも答えず、まっすぐ氷室に向かってきて圭一郎は詰め寄った。

「氷室さん！　どういう事なんですか！」

襟首を摑んだ手を外しながら氷室は静かに圭一郎に問いかけた。

「あなたも薄々感じていたのではないですか」

「な、何を、ですか？　僕は今日、龍二の顔を見に来ただけです」

「そうですか。じゃあ、座ってくれませんか。龍二さんからお話があります」

驚いたように振り向いた圭一郎に、切っかけを与えられたのか、龍二は重い口を開いた。

「……兄貴から、中本の事を聞いた時、力になれたらと思いました。甘く考えていました。脅されて怖くなり、包丁を持って行ったのは間違っていました。殺そうなんて思ってもいませんでした。包丁が中本のお腹を刺した時の妙な感触は今でも覚えています。人間はこんなに簡単に死んでしまうんだと怖くなりました」

「違う！　龍二じゃない。龍二は中本の事は顔も知らないんです」

「兄貴、もういいよ。俺はもう終わりにしたいんだ」

「龍二……」

「どうやって連絡を取りましたか？」

「兄貴のところに泊まった時、捨てた番号を写しました」

圭一郎の肩が落ちた。諦めたのだろう。

「やっぱりそうだったのか……。僕が、中本から聞いた携帯の番号が書かれた紙です」

「ごめん、兄貴。何とか出来るんじゃないかと思って」

龍二は氷室の方を向き直り、

「僕は、中本に大杉さんには何の罪もない。遠い昔の事など、警察だって関与しない。蒸し返しても意味はないと話したけど、あいつはせせら笑ったんだ。『お前、馬鹿だな〜。大杉多喜子って言うだけで金になるんだよ。マスコミはおもしろおかしく書くだろうな』と楽しそうに話しました。悔しかった」

その時の事を思い出したのか、目を細め、眉間に皺を寄せた。

「大杉さんは、教育界ではそれなりに知られていると言っていました。僕は、最近日本に来たばかりで、あまり詳しくはなかったのですが、どうしても教育界と中本は繋がりません。質問をすると、中本は、大杉さんと自身の関係をペラペラと喋りました。信じられませんでした。身内が身内を脅迫するなんて。その事を説教したら、『うるせえ！　殺すぞ。早く金を持って来い』と凄まれました。金なんてビタ一文、渡してはいけないと思いました」

「どうして、包丁を持っていったのですか？」

「身を守るためだったと思います。怖くて、万が一の時に身を守らなければと思いました。脅すだけのつもりでした。気がついたら、中本が倒れていました。逃げなきゃいけないと思い、無我夢中でした」

「危害を加えたのはそれだけですか?」

「はい」

川瀬が微妙な動きをする。

「本当に腹を刺しただけですか?」

「そうです。その場を逃げる事に精いっぱいでした」

公式に発表されていないが、中本清一の身体には二つの傷があった。腹部と頭部だ。死因の脳挫傷は発表をしていない。腹部動脈損傷でとどめてある。失血死の印象を与えるためだ。理由は現場に残された足跡のせいだ。無空間地帯とは言え舗装されていない現場には多くの足跡が残っている。複数犯の可能性もあった。『やはりそうだったのか』、氷室の小さな呟きが聞こえてきた。

龍二が殴ってないのなら誰なのだ。川瀬には、分からなくなった。

「返り血を浴びたと思いますが、どのように処理したのですか?」

「あの日は、中本から場所と時間を指定されました。肌寒い日でトレンチコートを着ていきました。少し風邪気味だったせいもあります。お金を持ってきていない僕に腹を立てた中本は急に殴りかかってきました。殺されると思いました。馬乗りになって顔を殴っていた中本の顔が僕に近づいた時、思わず包丁を握り締めていました。そのまま覆い被さってきた顔が歪《ゆが》み体勢が逆転しました。怖くて手を離そうとしましたが、包丁のほうが抜けてしまいました。血が飛び散り顔にかかったので、トレンチコートを脱いで顔を拭きました。どうやって逃げ帰ったのかよく覚えていません」

氷室はじっと考え込んでいる。

「圭一郎さん、弟さんを出頭させてください。川瀬が同行しますから」

目を潤ませた圭一郎がじっと氷室を見てくる。やがて、小さく頷くと龍二を促した。

「氷室さんは、どちらへ？」

「ちょっと、調べたい事がある。引き渡したら連絡しろ」

川瀬は最近少しずつ氷室の事が分かってきた。おそらく、大杉多喜子に連絡を取るだろう。

多喜子は京子と共に那須にいた。自分の生きざまが頭をよぎる。短いようでも長いようでもあった。分かるのは不幸の数を数えて生きてきた事だ。それが生きてこられた糧《かて》になっている。偉そうに講演をしても、先生と呼ばれて生きてきても、自分の中にいる蛇は大きくとぐろを巻いている。時には大蛇となり人を威嚇する。母から受け継いだ血なのか……。多喜子は心の奥で潜んでいる自分が、表に出ている自分を食い尽くすのを夢に見る。自分の発する声に驚き目が覚める。全身が汗ばみ異臭を放っている気がする。どうにもならないジレンマに怯える。もう終わりにしたい。もうすぐ叶えられるかもしれない……、あの男の手によって。

「先生！　お食事が出来ましたよ。いらしてください」

京子の澄んだ声が聞こえてくる。眼の前の青葉のように芽吹いたばかりの人生を手にしている。本人にはそれなりの悩みはあるだろうがそれでも、多喜子から見れば光り輝いている。愛しさが胸を衝《つ》く。

「ありがとう。ワー、お昼から凄いご馳走ね」

「だって、先生、朝はあまり召し上がらなかったから……。ちょっと腕を揮いました」

大皿に盛られたサラダ、ローストポーク、自家製のロールパン、パレルモ風イワシのベッカフィーコ、鯛のマリネ　よく冷えたロゼ・ワイン。

「いくら何でも、こんなに、食べられないわよ」

思わず、笑みが零れる。

「大丈夫です。勇太さんがもうすぐ来ますから」

「あら！　嬉しい。仕事は終わったの？」

「ハイ！　終わりましたよ」

勇太が息子だと氷室に教えられて以来、親子として、少しずつだが失った時間を取り戻していた。勇太が時々見せる陰が気にはなっていたが、時間が解決してくれるだろう。ただ、もう少し早ければと、叶わぬ願いが多喜子の心の中で渦巻いていた。

やがて、玉砂利をかむ音がして勇太のスバル・レガシィが姿を現わした。車のドアを開けて降りてくる息子を窓越しに見て、多喜子は萩尾夫妻に感謝していた。三人揃って昼食を食べる事はあまりない。この一日だけでも穏やかな日である事を祈った。

午後から近くの温泉旅館に貰い湯に出かけた。昼間に入る温泉は透明感に溢れた湯を流し、白い湯煙が眼に沁みる。少し高い位置にある露天風呂から眺める景色は夏色だ。

「京子ちゃん。お願いがあるの」

「どうしたんですか先生、改まって」

「もし、私に何かあったら、私の仕事を引き受けてね。勇太と一緒に……」

「何を言っているんですか。先生は神様にとって可愛い子だったんですから、卒業はさせてくれませんよ」

京子の笑顔が眩しい。

「でも、もう休ませて貰わないと、歳を重ね過ぎたわ」

微笑んだ横顔を京子がじっと見詰めているのが分かる。

「ゆっくりやりましょう。こうやって、時々温泉に浸かって、そうしましょう？　先生」

「そうね、のんびりしながら……」

次の日、氷室から電話が入った。昼過ぎに訪問したいという。多喜子は了承した。京子は『無粋な人だ』と少しご機嫌斜めだったが、勇太は何も言わない。

多喜子はいつもどこかで、氷室の近づく足音を聞いていた。不思議と心は穏やかだ。氷室に早く会いたいとさえ思っていた。氷室たちの乗るアウディが庭先に入って来た時、初めてあった時の事を思い浮かべていた。魅力的な男だと感じた。警察官として、根性が据《す》わっている。闘う相手に不足はなかった。私の事をどこまで知って会いに来るのか、楽しみだった。

「また、会いに来ました。折角の休日に申し訳ございません」

「いいえ。お会いしたかったですよ。今日は時間がたっぷりあります。何でも聞いてください。川瀬さんもお元気そうでよかったわ」

軽く頭を下げた川瀬は所在なげだった。通された吹き抜けの部屋は相変わらず気持ちのいい風が入ってくる。勧められたソファーに軽く腰をかけ、話し始めた。

「単刀直入に伺います。中本清一の事は、どこでお知りになりましたか？」

多喜子を守るように両脇に座っていた二人は同時に、多喜子を見た。口を切ったのは京子だ。

「何をおっしゃっているのですか？　先生は中本の事なんか知りませんよ」

「いいのよ、京子ちゃん。……。最初に見たのは、会社の近くの公園でした。ホテルに一度入ったのですが、忘れ物をした事を思い出して戻った時、萩尾の姿が見えました。時間もそれなりに遅かったので、どうしたのかと気になって追いかけたのですが、人と会っている様子に思わず、声をかけそびれてしまいました。木立に隠れて相手の事を見ていたのですが、正直言って、ハッキリと確認が出来た訳ではありませんでした。それから少し経って、以前、萩尾を訪ねてきた若い男性が、脅されているのを見たのが二回目でした。その日私は、地方講演のため、一人で移動中でした。時間があったので、東京駅の地下で喫茶店に入ろうとした時、怒声が聞こえました。大勢の人が避けるように通る先に、二人の若者がいました。怒鳴られているほうの男性が、萩尾の弟の龍二さんだと分かった時、もう一人の顔にも覚えがある事に気がつきました。

夜の公園で萩尾と会っていた男でした」

一気に話した多喜子は大きく息を吸った。京子も勇太も初めて聞く話で、驚きで声も出ないようだ。

「どこまで中本の事を知りましたか？」

「興信所にお願いしました」

「興信所？　名前も分からないのに？」

一息ついて、勇太の顔を横目で見ると、俯いてしまった。聞き取りにくい小さな声でボソボソ呟くと、覚悟を決めたように話し出した。

「萩尾の尾行を頼みました。心配だったのです。萩尾を見張って貰えば真相が分かると思いました」

「それで？　どこまで分かりましたか？」

「時間がかかりました。萩尾はなかなか動かず、諦めたかけた時、若い男性と会っている萩尾の報告書が届きました。私は、ターゲットを若い男性のほうに絞りました。びっくりしました。弟の龍二さんだなんて思いもかけなかった。今度は龍二さんのほうがあの男と会い始めました。報告を受けてしばらく経ったあとに、東京駅の一件を目撃しました。何故、そんな事になっているのか、理由は分かりませんでした。興信所の方も調べられなかったようです。それから私は自分の時間が許す限り、龍二さんの事を尾行する事にしました」

「よくそんな時間が取れましたね?」

「いつも仕事が終わってからです。どうしても夜になってしまいました。でも、そのおかげで、あの時、あの現場にいる事が出来ました。ラッキーでした」

「ラッキー?　どうしてですか?」

「……私が、中本を殺す事が出来たからです」

京子と萩尾にとっては青天の霹靂だったのだろう。唖然としている。それでも京子には思い当たる節があったようだ。

「京子さん、気がついていましたか?」

「いいえ。ただ、あの頃の先生はとても疲れていました。夕食を共にしようと誘っても断られる事が多かった」

多喜子は京子の手をそっと擦った。

「あの夜、龍二さんの寮の近くまで行きました。締め切りの近い原稿を片づけていて遅くなったのですが、龍二さんの所在だけでも確かめたかったのです。部屋に明かりが点いていました。安心して帰ろうと思った時、突然ドアが空いて龍二さんが出てきたのです。こんな遅い時間に……。不安になってあとをつけました。渋谷の駅の近くでずいぶん長く待たされました。現われた男に見覚えがありました。案の定、大声で怒鳴り出し龍二さんに殴りかかりました。揉み合っている内に男の口から嫌な音が出ました。身体が男から離れた時、手にはどす黒く光る包丁が見えました。龍二さんがコートを手に走り出した時、私は声も出ず立ち尽くしていました。長く感じたけど、きっとほんの一、二分だったかもしれません。男が死んでしまったのかどうか確かめなければと思い近づきました。突然動いたんです。私に向かって手を差し伸べながら……恐怖が身体に湧き起こりました。同時にこの男を生かしておいてはいけないとも思いました。恐ろしくて二度振り下ろしたかもしれません。気が付いたら右手に持った石に血が付いていました」

「その石はどこから？」

「分かりません。多分、近くにあったのだと思います。そのままバッグに入れて那珂《なか》川《がわ》に捨てました」

「那珂川ってこの近くのですか？」

「はい」

京子と萩尾の感情はついてこないのだろう。心を閉ざしたように、一言も発しない。

「あとになって、氷室さんの口から中本の事を聞いた時、中本を殺害したのは正解だったと納得しました」

「納得？」

川瀬には分からないのだろう。さっきからおうむ返しのように言葉を繰り返す。多喜子は、そんな川瀬に微笑みながら頷くと氷室の眼を見た。

「氷室さんはお分かりですよね？」

多喜子の人生の不幸が見える。氷室は息苦しさを感じていた。

「私が原因で恭二さんは死んでしまいました。そして龍二さんを殺人犯にしてしまうところでした」

「龍二君は出頭しました。警察は彼が殺したとは思っていません。情状酌量は考えられます。龍二君も、あなたと萩尾さんを守りたかったのです」

「こんなことになるなんて……。ごめんなさい……」

多喜子の眼から溢れる涙がどれだけ耐えてきた涙なのか。川瀬はこんな自分にも分かる気がした。

「京子ちゃんや勇太には迷惑と心配をかけてしまいました。すべて私の人生の至らなさでした。中本は私の人生の罪を広げようとしました。彼が何をしようとしていたか知った時、これでよかったのだと思いました。もう終わりにしたい。愚かな人生を閉ざしたい。それが私の希望です。氷室さんどうぞ私を捕まえてください。あなたに捕まる事は私の本望です」

氷室は静かに首を横に振った。みんなの眼差しが痛い。

「私にはあなたを捕まえる事は出来ません。萩尾君、京子さん、先生を病院に連れて行ってください。すべてはそれからです」

二人は顔を見合わせて、多喜子の表情を観察しているが、おそらく分からないだろう。

「先生、どこが悪いのですか？　一言もおっしゃらないで、我慢していたのですか？」

「母さん！　なぜ？」

多喜子は苦しそうに、顔を歪《ゆが》めている。知られたくなかったのだろう。氷室は痛いほど、多喜子を感じていた。静かに出ていこうとする氷室に、多喜子は声をかけた。

「お父様のお名前は？」

「氷室将太です」

「親子二代に亘って助けていただいたのね。ありがとう」

やはり、この人は知っていた。親父が話してくれた《不幸な女の子》がそこにいた。

最終章

振り向いた別荘は緑の中に埋もれていた。風が優しく頬を掠めていく。

「余命二か月か……。出頭すれば、医療刑務所ですよね。ここで過ごさせてあげたいですね」

多喜子と会う回数を重ねるたびに覚悟が少しずつ伝わってきていた。命の重さをすり減らしているように感じた。探し当てた主治医から残酷な事実を伝えられた時、覚悟の意味を理解した。多喜子の肝臓癌は医者の診断からは手の施しようがないという。

人間は癌になったら必ず告知された月数で死ぬ訳ではない。不幸の数を数えただけ、生命力の強さを多喜子は持っている気がした。生きていて貰いたいと思う。事件は迷宮入りでもいいじゃないか。すべてを暴く事はない。そんな権利は誰にもない。川瀬と目が合った。同じ思いが流れてきた気がした。多喜子に会えたことで自分の中にある小さな熾火《おきび》が炎を立て始める音を聞いた。心の中の枯れ木は燃えていくだろう。そして、新緑の青葉が俺をおおいつくす日が来る。

爽やかな初夏の風が木立を揺らす音と共に、アウディに落ちた樹影が震えた。

完

著者プロフィール

奈来 ひでみ（なぎ ひでみ）

1949年生まれ。徳島県出身。

山野高等美容学校卒業後、美容師免許取得。美容師とヘアメイクを経験後、個人事務所を設立。その後、ヘアメイク・スタイリスト・キャスティング会社を設立し、代表として現在に至る。

著書に、『優しさのままに―さざめきの中で―』（文芸社、2009年）がある。

凍てつく砂

2014年９月15日　初版第１刷発行

著　者　奈来 ひでみ
発行者　瓜谷 綱延
発行所　株式会社文芸社
〒160-0022 東京都新宿区新宿1－10－1
電話 03-5369-3060（編集）
03-5369-2299（販売）

印刷所　株式会社平河工業社

ISBN978-4-286-15482-4